DU MÊME AUTEUR

Aux Éditions Gallimard

UNE HISTOIRE

I. JE NE SUIS PAS UN HÉROS, récits, « L'Arpenteur », 1993, Folio (n° 3798), 2003

II. TOUTE UNE VIE BIEN RATÉE, récits, « L'Arpenteur », 1997, Folio (n° 3195), 1999

III. L'ÉTERNITÉ EST INUTILE, récits, « L'Arpenteur », 2002, prix du département du Rhône 2002, prix Alexandre Vialatte 2003

Chez d'autres éditeurs

JOURS ANCIENS, 1980, réédition augmentée 1986, réédition augmentée 2003
L'Arbre Éditeur (02370 Aizy-Jouy)

HISTOIRES SECRÈTES, 1982, L.-O. Four (épuisé)
Réédition « La Dragonne », 2000

L'ANGE AU GILET ROUGE, nouvelles, 1990, Syros (épuisé)

LES RADIS BLEUS, JOURNAL, 1991, Le Dé Bleu Éditeur, Folio (n° 4163), 2005

CHRONIQUES DES FAITS, 1992
L'Arbre Éditeur (02370 Aizy-Jouy)

IMPRESSIONS DE LOZÈRE : LA MARGERIDE, 1992
Les Presses du Languedoc (ouvrage collectif)

LÉGENDE DE ZAKHOR, 1996, « L'Arbre à Paroles », Bruxelles (épuisé)
Réédition « Éditions En Forêt/Verlag Im Wald » (D - 93485 Rimbach), 2002

13, QUAI DE LA PÉCHERESSE, 69000 Lyon, 1999
Éditions du Ricochet (roman collectif)

L'Arpenteur

Collection dirigée
par Gérard Bourgadier

Pierre Autin-Grenier

FRITERIE-BAR BRUNETTI

Gallimard

Remerciements au Centre national du livre pour ses encouragements et son soutien jamais démentis.

À Jacques Réda,
l'infatigable arpenteur
des Ruines de Paris.

Il faut pouvoir se lever et partir de toute société qui n'est bonne à rien [...] et laisser les visages qui ne sont rien et les esprits d'une stupidité souvent sans limite et pouvoir sortir, descendre et aller en plein air et laisser derrière soi tout ce qui est en rapport avec cette société bonne à rien [...] il faut quitter par le chemin le plus rapide ces sociétés inutiles.

THOMAS BERNHARD
Corrections

Un soir, ils se sont attroupés dans la rue, sous ma fenêtre, en proférant des menaces. Je n'ai pas bougé. Je souriais intérieurement de leur naïveté. Je déchire sans les lire les lettres qu'ils m'écrivent.

LOUIS CALAFERTE
Satori

— Raconte, ça te soulagera, ils disent. Tu parles !

À tantôt soixante piges, après s'être enfilé tout le sale boulot de vivre jusque-là, surtout quand on a commencé croupignoteux comme moi, et devoir encore buriner dur dans la clownerie pour tenter de faire bouillir l'amère marmite du quotidien, à peine de-ci de-là un instant pour trinquer un coup tranquille entre copains en guise de maigre consolation, vous pouvez imaginer que ce n'est pas dégoiser à l'infini toujours les mêmes salades sur mes interminables tourments et traques multiples qui va pouvoir m'alléger l'âme de tous les crimes et pataquès alentour. Non plus me donner à voir sous meilleur angle les crapoteux obsédés par l'idée de me chercher sans cesse des charrettes de chiens enragés dans la tête, pas davantage les regarder comme moins lâches et moins Marius, eux, et leurs bonnes femmes mieux bêtes qu'un morceau de bois, tous délirants qu'ils sont à me traiter d'individu aviné et vain guignol tant est fielleuse leur cervelle et crasse leur inculture.

Alors raconter encore et encore...

Oh ! l'isolement sévère dans lequel je mijote aujourd'hui, entouré seulement de haine et mépris, d'imbécillité aussi et en quantité, comme je viens de le dire, certes m'autoriserait. Mais à quoi, à qui cela pourrait-il bien servir ? Je ne vous le demande même pas. À rien, voilà tout.

Toutes ces racontances, je ferais mieux de les garder pour moi, d'entrée me taire. Je sais. Sûr, occuper mon temps à bricoler, avec trois planches et six clous, une cabane à lapins au fond du jardin serait de meilleure utilité. Mais je n'ai nul jardin et que faire des lapins ; garennes ou gibelottes pas plus ne m'importent. Je pourrais alors envisager, pour m'écarter un temps de ce cloaque, en bretelles et casquette à pompon entreprendre une manière de tour du monde des bastringues et brasseries, zincs et bousingots ; nez en l'air et coude au comptoir cela m'allégerait peut-être avantageusement les idées. Quoiqu'il faille encore bien connaître qu'en toute contrée, du Romanisches Café de Berlin aux arcatures lombardes et ses deux tours de cathédrale avec sa déconcertante terrasse vitrée, au luxueux Silberner Kaffeehaus de Vienne ou au Bräunerhof que fréquentait régulièrement Thom dans les années quatre-vingt (parce qu'il faut observer une certaine assiduité dans la pratique d'un café, cela Thom le savait bien) et jusqu'au bistrot de La Dernière Chance jour et nuit ouvert aux quatre vents, là-bas aux confins du désert, vous risquez d'encore tomber sur le bec poisseux de quelque olibrius, genre Marius de Marseille dont j'ai déjà causé, acharné à vous noircir le paysage de son âme sale et noire et vous pourrir l'atmosphère à vous faire dans le verre tourner le vin vinaigre.

Alors si raconter des histoires parfois repose d'y croire, non, pour mézigue ce n'est plus de saison. Plonger, comme d'aucuns sournoisement m'y poussent, pour voir les poissons, au fond, comment ils font, bouche bée, pour respirer : je n'ai jamais su nager ; quant à la flotte, je préfère vous l'avouer : très peu pour moi. Dès lors c'est se rouler dans le sommeil comme dans un champ de patates douces, se lover au creux des souches en lérot rêveur ou s'envelopper dans des manteaux de marmotte pour voyager ailleurs et les yeux fermés qu'il faudrait et même dormir debout aussi, pour tout oublier, tout. Et ne plus rien dire.

Seulement voilà, je traîne présentement, par laisser-aller un peu, légèreté beaucoup, souci constant de ne jamais froisser personne d'un refus, facilité et présomption de polygraphe aussi, une véritable avalanche d'à-valoir aux fesses ! Une éditrice de livres pour enfants me réclame un recueil de contes depuis mille ans ; ignorant la modestie de mon amour pour les marmots, elle risque de ne pas rentrer dans ses dépenses avant longtemps et cela m'est motif supplémentaire à chagrin, voyez-vous. Un autre me prie à villégiaturer peinard dans des quatre-étoiles à Carcassonne, Relais & Châteaux, suite de six fenêtres sur les remparts et le bleu du ciel, dans l'espoir que je lui gratte noir sur blanc l'anecdote et le dessous des choses de ma vie de patachon. Mille mécènes et bienfaiteurs attachés à ma cause et dont je me sens aujourd'hui l'obligé.

Je conserve ainsi sans intérêt sous le coude des balbutiements de ballades, des commencements de chroniques, des prémices de récits et même deux feuillets déjà dactylographiés serrés d'un roman-fleuve supposé à venir ; tous travaux pour lesquels l'industrie du livre et ses munitionnaires m'ont gentiment encouragé, m'avançant de quoi faire face à mes frais de bouche par-ci, régler le loyer et m'assurer quelques minces amusements par-là ; bref, force délicatesses et petits soins auxquels je ne réponds guère que par une insouciance peu avouable, une désinvolture à ne pas dire et cette situation a finalement le chic pour me miner un peu plus le moral, m'empoisonner l'air alentour, me rouler la conscience dans des scrupules de dévots. Je suis comme ça. Pas poli, certes, mais trop honnête.

Quand je pense aussi à ces pauvres bougres qui s'essoufflent jour après jour à boursicoter comme broutent des baudets au bout d'une corde et, le kiki serré d'angoisse, taquinent le C.A.C. pour tenter de s'en sortir, étendre au-delà de leur paillasse un empire de pacotille, qui grenouillent à perdre haleine dans l'immobilier pour vendre du sommeil au fleuron de l'immigration et tirer de ce manège matière à nourrir dans la rudesse une triplette de rejetons, mâles et femelle confondus, tandis qu'ayant moi-même abandonné depuis lurette tout projet de progéniture dans les limbes je donne l'apparence d'un qui se goberge de bons vins, sans cesse ne songe qu'à faire bamboche avec la bohème du faubourg aux frais, bien sûr, de la princesse, se la coule douce au soleil sous les palétuviers roses et ne montre en cela nulle marque de repentir ni n'a seulement souci du temps qui passe, alors, oui, c'est quasiment comme une sorte de honte qui me vient !

C'est comme ça que m'est arrivée cette idée saugrenue de quand même brosser à ma façon quelques histoires maintenant anciennes et tellement oubliées de la Friterie-bar Brunetti, maison fondée en 1906 au 9 de la rue Moncey et aujourd'hui disparue. Histoires mythiques en somme, simple fantaisie ma foi, tel tout ce livre. Par gentillesse envers les braves gens des à-valoir, que l'un l'autre parmi cent s'y retrouve un peu, sauve au moins la mise à défaut d'escompter tirer le gros lot. Témoigner à chacun que je ne méprise point sa prévenance, prouver à tous ma bonne volonté et que j'ai finalement un bon fond. Parce qu'on préférera toujours montrer ce que l'on est en son for intérieur plutôt qu'apparaître sous le masque d'ivrogne et d'imposteur dont s'échine à vous affubler crapule et compagnie, vous comprenez.

Alors pousse la porte du mastroquet et des souvenirs et pour un temps laisse derrière toi toute la muflerie du monde.

*

Madame Loulou, le talon de l'escarpin planté bien droit dans la sciure, debout au bar attend son marin du mercredi pour une ou deux tournées de mâcon et ensuite dans un garni de la rue de l'Épée au papier peint fleuri s'en aller le cajoler le restant de l'après-midi. En toute saison permanentée de frais et tirée à quatre épingles, c'est tact, distinction et élégance ; aucun zèbre à dix lieues à la ronde ne s'amuserait, malgré sa soixantaine depuis longtemps frisée et ses occupations présentes, à lui manquer de respect, d'abord elle ne souffrirait pas. C'est en grande dame que toujours elle agit, le bonheur ne l'a jamais intéressée dans l'existence, seulement faire du bien autour d'elle.

Nous, les habitués de chez Brunetti, on pourrait facilement témoigner, s'il le fallait, que du bien elle en fait et même loin au-delà des limites du canton. Le dernier mercredi de chaque mois à son marin justement et qui débarque du fin fond de sa banlieue, essoufflé souvent à cause du cœur qu'il a trop sensible il dit ; courir pour attraper les tramways, pas rater les correspondances, aussi un peu à l'idée de certains ravissements à venir j'imagine.

— Il est pas beau mon forban ?!

Tous les abonnés de l'estanco discrètement acquiescent. Lui rosit un brin sous la crinière blanche et sa moustache en hérisson tremblote un peu, crispée par une esquisse de sourire ; il s'est frictionné au sent-bon, un subtil mélange de jasmin et de grenadin, ça nous délasse une seconde des odeurs de friture. Les conversations reprennent comme si de rien n'était. Madame Loulou et son marin du mercredi tirent chacun un tabouret et s'installent à leur table, toujours la même (un invisible carton *Réservé* aurait été du matin placé sur le marbre à leur seule intention), la plus cachée de la vitrine d'où, cernant une impressionnante pyramide de beignets de morue, des platées de salade de museau, des saladiers de cervelas vinaigrette, des débauches de pieds de cochon baignant dans leur sauce persillée et tout un débordement d'écarlates cochonnailles interpellent les ventres creux en baguenaude sur le trottoir d'en face.

Une petite topette de blanc pour commencer et une portion de frites pour deux afin de couper le vin, nulle mesquinerie, croyez-le bien, simple rituel minutieusement établi en préliminaires au vert paradis des amours d'après-midi. D'ailleurs jusque-là c'est lui qui régale, il a touché sa pension, grappillé aussi trois francs six sous en bâclant quelques bricoles au noir, le terme payé lui reste en poche un gentil petit pécule pour la bagatelle. À quatre-vingt-six bien sonnés et même si les croque-morts s'affairent déjà dans le couloir il reste gaillard le drôle ; d'ailleurs, je ne sais pas si vous savez, mais plus d'un comme lui qu'un veuvage malencontreux a laissé inconsolé reste encore très porté sur la chose et souvent réclame à cor et à cri qu'on le dédommage de sa part d'amour trop tôt perdue. Pas pour rien si madame Loulou l'a surnommé son marin, à cause bien sûr de sa carrure à rendre jaloux une équipe de déménageurs bretons, sa taille de conquérant et sa fière prestance ; au vrai il est retraité des chemins de fer, un mercredi il nous l'a dit.

Pour l'heure elle s'applique avec ardeur à mille petites façons, prend des mines de coquette, chichiteuse à merveille, œil de velours et sourire ravageur elle le couve, son forban, de tout l'amour qu'elle peut, lui prodigue à distance des cathédrales de tendresse. Il est heureux comme un Napolitain, à la patronne de derrière son zinc qui n'en perd une miette tout en jouant à qui regarde sans voir, il fait signe pour une seconde topette, ce sera la dernière ; après — *Salut la compagnie !* — ils s'en iront tous deux doucement s'activer dans l'infini bordel des étoiles.

Autant que nous sommes ici, tuteurs de bar en compétition à la mominette ou acharnés sous les suspensions à boules à quelque manille coinchée, solitaire rêveur égaré comme moi dans Baudelaire et même les cancanières des loges alentour embusquées à deux ou trois sur la banquette du fond à l'affût du moindre potin, il ne viendrait vraiment à l'idée de personne de classer madame Loulou dans la catégorie tapin. On admire trop son grand savoir-faire, son dévouement sans bornes pour les âmes en peine, on sait comment détresse et mélancolie auraient tôt fait d'emporter les tassés par l'âge, les tabassés par l'existence, qu'il n'y aurait alors plus une seule loupiote d'espoir nulle part pour les éclopés de Cupidon, sans elle.

La première semaine du mois c'est le lundi qu'elle console, elle n'a pas plus tôt avalé son café encore tout brûlant que se pointe alors son ancien commis des Halles. Un petit noiraud trapu et encore musculeux que les années n'ont point trop amoché pour l'instant, qui boit sec ballon sur ballon — du sancerre, s'il vous plaît ! — sans regarder à la dépense ni même recompter sa monnaie ; *Pain bénit pour le tiroir-caisse*, répète souvent Renée qui, en dehors du commerce, ne le porte guère dans son cœur. Nous non plus d'ailleurs ; de la petite troupe de soupirants transis qui vient régulièrement se requinquer aux rondeurs de madame Loulou, on peut avouer que ce n'est pas notre préféré, loin de là ! « Craignez mes biceps ! » il semble dire des yeux tout en franchissant la porte comme on grimpe sur un ring. *Fanfaron la Tulipe !* grommelle le grand Raymond du bout de son fume-cigarette.

Vous l'avez compris, ce n'est pas dans nos habitudes, chez Brunetti, de cabotiner ainsi quand depuis des lustres s'est établie entre nous une sorte de hiérarchie toute de tacite et discrète connivence dont les rouages aussi bien huilés qu'une série de tournées au quatre-vingt-et-un font tourniquer notre planète comme sur des roulettes. C'est la treizième tribu notre troquet, *La Belle Équipe* en ciné permanent ; un profane fait tinter le drelin-drelin de la porte vitrée et vient poser coude au comptoir, il doit aussitôt se mesurer à cent mille paires d'yeux qui par en dessous les sourcils froncés en moins de rien le jaugent. Qu'il affiche une suffisance déplacée, use de ce ton sec que les petits Marius seuls savent prendre entre eux et sa liquette n'aura le temps de s'imprégner des doux effluves de fritons grésillant dans l'huile bouillante ; la messe est dite, on ne le reverra guère. Mais si, pas tartufe pour deux thunes, il veut bien se montrer tel qu'en lui-même, avec ses coquards au cœur, ses illusions au fil du caniveau toutes en allées — comme souvent et comme tant d'autres ici —, s'il apostrophe et questionne à la cantonade pour se donner une contenance et par pudeur masquer sous la plaisanterie quelque chagrin ou le poids de la solitude qui le tourmente alors, que cela lui chante et qu'il y trouve son compte, il se peut bien qu'il devienne tantôt des nôtres. Brunetti, voyez-vous, c'est un de ces bistrots qui parvient quand même à faire tenir debout ensemble un certain nombre de vies.

Oh ! bien sûr, comme toute bleusaille il lui faudra d'abord s'acclimater : se donner sans mesure à la petite friture, céder le vendredi à la chiquetaille de morue salée, s'abandonner certains jours au pot-au-feu du père Joseph et ne pas faiblir, savoir surtout vider son verre sans manières et sacrifier sans compter au rite hebdomadaire de la tournée générale. Notre nouvelle recrue s'étant cahin-caha coulée dans le moule, encore lui faudra-t-il faire montre de quelque assiduité. Ici, monsieur, les vrai de vrai prennent leurs quartiers, chacun a ses heures, réglées d'un jour l'autre à un poil près, ainsi pour la bonne marche de la boutique n'en est-il point de creuses.

Seuls le marin de madame Loulou, son noiraud ou encore le banquier qu'elle bichonne à la mi-mois — un authentique fort en thème celui-là ! — peuvent se permettre de passer dans notre cambuse comme en croisière. Mais pour le cours ordinaire des choses une certaine obstination dans la fréquentation des lieux, parfois même un tantinet rivaliser de zèle pour la bonne cause, voilà la règle d'or à laquelle chacun souscrit de cœur comme allant de soi. Qu'adviendrait-il en effet de notre petite communauté si l'un, l'autre, selon l'humeur s'évanouissait à tout bout de champ dans des besognes subalternes ! Ceux d'entre nous toujours sur la brèche l'ont bien compris qui ne sont guère boulot boulot mais plutôt fidèles entre les fidèles à notre friterie, sachant mieux que personne comment un absentéisme débridé en deux coups de cuillère à pot bousillerait notre belle atmosphère, sonnerait illico l'hallali de chez Brunetti.

Le banquier, comme on dit, qu'elle cajole, madame Loulou, alentour le quinze mais toujours un jeudi en bout d'après-midi, c'est un ancien col blanc du Crédit Lyonnais ; d'époque quasi des manchettes de lustrine et des pince-nez, si vous voyez ce que je veux dire. Un siècle de guichetier enchaîné à une éternité de préposé aux écritures l'ont desséché définitif, ratatiné pour le compte. Rescapé de la tyrannie des bureaux c'est de justesse qu'il tient encore un pied hors la fosse, par mégarde en somme.

Pour avoir, par la suite, été logé moi-même des années et des années durant à la même enseigne, ayant dû subir dès l'aube et sans broncher de l'entière journée les lubies de sous-bites du capital aussi sourcilleux qu'incompétents, tout ce cirque pour gagner chichement ma croûte, ne retrouvant un peu d'air pour respirer qu'à la tombée du soir lorsque, cuit et recru de fatigue, je regagnais enfin ma mansarde sous les combles tel un infirme au sortir de l'hôpital, je peux dire qu'aujourd'hui encore je l'admire le bonhomme, tout chétif d'aspect qu'il fût, cassé complètement par le commerce et l'industrie et bien démoli aussi par un double veuvage, d'encore se montrer assoiffé du son et lumière de madame Loulou, et de venir ainsi un jeudi le mois — gaudriole et pattes en l'air ! — se laisser déclouer de sa solitude par notre madone des grisons.

Autant le petit fort des Halles et ses allures de bravache souvent nous insupporte, au point que le grand Raymond jure qu'un de ces quatre il va l'envoyer d'une pichenette bouler dans la sciure, autant notre gringalet du chèque en bois a su nous séduire avec son air de ne pas toucher terre et sa marotte de tenir le crachoir une heure d'affilée facile pour nous conter par le menu les aléas et mille combines de la profession. Complètement flottant dans son costume de flanelle élimé jusqu'à la corde et trop large de partout, laissant palpiter sans cesse ses longues mains décharnées au-dessus de son crème comme deux mouettes à l'agonie, il n'en est toujours pas revenu de son Crédit Lyonnais ; quinze ans passés et des poussières, son goulag encore le possède.

— *C'est pas vrai !* de temps en temps s'exclame Domi ou le père Joseph tout en sirotant un Rinquinquin ; pour le relancer dans ses délires, l'encourager à continuer, bien lui montrer, n'est-ce pas, qu'on s'intéresse, et comment !, à ses histoires de bordereaux, paperasses, agios, carottages et carambouilles, qu'on vibre à l'unisson à la saga de l'emprunt russe, à la légende dorée du C.A.C 40, qu'on est saisi d'émotion à la prodigieuse épopée de Poliette & Chausson, aussi à l'odyssée de la Lyonnaise des Eaux, c'est sûr. Il s'enflamme tant à certains moments qu'il finit par tout embrouiller, s'égare dans le rêve, s'emmêle les crayons, digresse à l'infini mélangeant tout à trac ses pauvres salades à de très anciens secrets d'alcôve. Il faut dire quand même qu'il fuit parfois un peu de la cafetière notre banquier.

Alors madame Loulou, enjôleuse plus que jamais, discrètement le remet sur les rails, en douce lui prend la main et l'attire à nouveau dans ses filets ; insensiblement les conversations reprennent leur train-train habituel, on ne va tout de même pas lui casser la baraque, vous comprenez ! Lui c'est un tendre certes, mais tôt soûlé de ses propres parlotes il en viendrait presque, le bougre, à oublier le but suprême de sa visite.

Après, c'est une histoire connue, je l'ai déjà dite, ils s'en vont rue de l'Épée, dans le meublé, le papier peint fleuri…

Je sais des cocottes, voyez-vous, autrement moins classe que notre madame Loulou ; saintes-nitouches des baldaquins, toutes en chichis, contorsions et simagrées, et bigrement donneuses de leçons avec ça, mais qui, c'est tout vu, ne lui arriveront jamais à la cheville pour autant. Tapinant à mi-temps dans l'orthophonie, la dentisterie, pharmacie ou assimilé ça s'en va lever le petit doigt les samedis après-midi dans des salons de thé en équivoque compagnie, ça pousse des oh ! et des ah ! de bécasses effarouchées aux tarasconnades d'une bande de beaufs buveurs d'eau et ça croit faire des cérémonies en singeant la haute quand ça patauge dans le pur kitsch simili-petit-bourgeois.

J'ai eu à souffrir un temps, je peux bien vous l'avouer maintenant, certaines de ces créatures à peine connectées, n'ayant qu'une petite ampoule d'un watt cinq en veilleuse sous les bigoudis, et qui prétendaient cependant m'en remontrer, me donnant en exemple leur goût si sûr à deviner le beau là où elles-mêmes s'imaginaient le percevoir, c'est-à-dire invariablement dans la mocheté de l'art de bazar, invariablement dans l'atrocité du tape-à-l'œil tout en toc et clinquant, invariablement dans le dégoûtant et l'écœurant de tous trucs et zinzins de style plus ou moins niquedouille dont ces grandes grues cendrées s'acharnaient à s'entourer, croyant se donner ainsi un vernis de culture, ne les effleurant une seconde le fait qu'elles ne faisaient de la sorte qu'afficher aux yeux du monde et de la manière la plus outrageusement tapageuse qui soit leur trivialité de petites-bourgeoises louis-philippardes, leur misérable condition de bobonnes de parvenus. Turlututu chapeau pointu ! N'en parlons plus.

C'est un esprit d'une tout autre envergure, voyez-vous, madame Loulou, toute sa noblesse lui vient du don de soi, c'est un tempérament, croyez-moi, une pointure qui ne se pique d'art ; oh la la, non, *c'est* une artiste ! Il ne faudrait tout de même pas confondre autour et alentour, n'est-ce pas, nous ne sommes pas là pour mélanger les torchons et les serviettes, que diable !

Dans le soulagement des cœurs meurtris et le sauvetage des vies en bout de rouleau elle n'officie, comme je vous l'ai déjà expliqué, que trois fois le mois et seulement pour ses attitrés, son grand chic étant que dans cette sainte trinité chacun se sente unique ; forcément ça lui laisse du loisir, alors elle s'occupe à des travaux de broderie, guipures à l'aiguille et nids-d'abeilles c'est son violon d'Ingres, elle se plonge dans d'insolubles mots croisés dont elle ressort les nerfs en pelote, à ne vraiment pas prendre avec des pincettes ; d'autres fois, d'humeur baladeuse, elle nous abandonne, au gré de sa fantaisie elle file comme une folle batifoler où bon lui semble.

Quand on la récupère alors elle nous raconte. Oh ! on la soupçonne bien d'enjoliver à l'excès, romancer un peu la péripétie et nous faire tout un plat de lentilles du plus petit rien, mais une complicité solidement établie entre nous veut, et c'est l'usage ici, qu'à chaque retour de madame Loulou toute l'assemblée vibre et s'échauffe à ses confidences au point que, parfois, le troquet tout entier vire quasi commedia dell'arte et c'est alors tournée sur tournée. C'est une sacrée randonneuse quand même madame Loulou, il faut bien le reconnaître, qui sait mieux que quiconque comment voyager en ville et voir des choses ; de ses vadrouilles au diable vauvert elle ne risque pas de revenir bredouille, des anecdotes elle nous en ramène plein son sac, et des croustillantes par-dessus le marché, je vous le garantis !

À pattes elle est capable de sauter la Fosse-aux-Ours, trotter au-delà le pont de la Guille, ignorant le centre et le tintouin des bagnoles elle enjambe la passerelle du Palais, enfile ensuite un bon bout du quai Romain-Rolland, remonte la rue Vernay et se retrouve place Saint-Paul en terrasse au soleil avec les petits minets de La Mi Graine.

Quand la nostalgie la saisit ou le souvenir d'on ne sait quoi, elle peut sans peine pousser ses pas vers des ailleurs pour nous invraisemblables. Même si on voulait, on ne pourrait pas la suivre. Elle s'évapore là-bas, loin tout le long des quais, jusqu'au bout des brumes, elle disparaît dans des endroits d'où l'on ne voit presque plus Fourvière, pour ainsi dire en bordure de La Mulatière. Elle atterrit dans un décor de cheminées d'usines, de rails de chemin de fer et de péniches Chez la Mère Christain, un bistrot de mariniers et de Maghrébins où elle se soulage d'une bolée de vin chaud en compagnie de la Boyer, une comédienne de ses amies avec qui elle a fait jadis, dit-on, de fameuses javas, partagé aussi certains chagrins. Là, attablées dans la petite salle enfumée autant par le poêle à charbon que par les accros du mégot, à l'écart le mieux possible des joueurs de dominos silencieux comme des carambolages du billard, toutes les deux en noir et blanc elles retricotent serré des pans entiers de passé. Elles se tiennent, comme ça, un grand moment, légèrement à la lisière du monde. Ça fait du bien.

Quand elle nous revient, les jours de Chez la Mère Christain, alors, aussi bizarre que cela puisse paraître, elle nous la joue double bémol, voire carrément taciturne ; grande coquette toujours et parfaitement apaisée de ses plus lancinants soucis, mais du tout causeuse quand même. Elle plane on dirait ; suspendue en somme dans l'air par d'impalpables battements d'ailes. C'est miracle pour le grand Raymond qui profite de l'aubaine pour accaparer la parlote sans crainte de se faire couper la chique à tout propos ; madame Loulou, voyez-vous, c'est la seule de la bande capable de tenir tête au bonhomme, l'interrompre au beau milieu d'une tirade sur le bonheur aux colonies ou ses frasques de baroudeur et reprendre le flambeau pour nous affranchir dare-dare de ses propres expériences en la matière.

Je l'aime bien le grand Raymond, moi ; ce vieux briscard c'est tout un poème, un baratin d'enfer. D'ailleurs chez Brunetti toute la compagnie l'apprécie ; il ne faudrait pas croire que dans notre théâtre quotidien le grand Raymond se contente de jouer les utilités, oh ! que non !, c'est tout au contraire une pièce maîtresse de notre petite comédie de comptoir, comme qui dirait un rôle-titre. À faire rêver !

Adossé négligemment au zinc dans la très légère usure de son tweed bon chic, un morgon à portée de main et le fume-cigarette pincé entre deux doigts papillonnant dans l'air (son jeu de scène favori), il peut disserter de la sorte jusqu'à l'ivresse sans que ni Renée, en douce trafiquant sa bistouille derrière son bar, ni le moindre soiffard dans l'assistance ne fasse seulement mine de se fatiguer. C'est presque silence dans le souk alors, tellement il en impose.

C'est que le grand Raymond, vous savez, il a connu le Tonkin, navigué en barcasse de long en large sur le Mékong, passé dans un fauteuil le col des Nuages, écumé les rizières, ce n'est pas simple pilotin : c'est un rentier de l'esthétique qui a bouffé de l'infini et dévoré cent mille merveilles ; le fin fond de l'Indochine ou le fond de sa poche de pantalon pour lui c'est pareil. — Vous doutez ?... Authentique pourtant !

Il faut l'entendre raconter le temps où il tenait tripot à Biên Hoa, faisait commerce d'opium, de vieil or et d'Annamites. Là-bas il avait une marquise cerclée de brillants à chaque doigt, la moitié de la ville à lui et biberonnait du whisky écossais dans de la porcelaine de Chine. Sa mère, il nous a dit, était restée barmaid à Quincié-en-Beaujolais, son père s'en était allé brocanter quelque part du côté de Laroche-Migennes mais lui, Raymond, sa garçonnière c'était la mappemonde, très simplement.

Quand madame Loulou a décidé de laisser faire, les jours où elle revient de Chez la Mère Christain surtout, alors elle prend ostensiblement une petite moue dubitative, respire à toutes petites goulées en buvant son blanc limé, sourire en coin, façon de dire Taratata à moi il ne faut pas m'en conter ! Mais Domi le cantonnier, Ginette, Fredo et même le père Joseph qui pourtant en a vu des vertes et des pas mûres, tout le monde se laisse entortiller et reste figé comme papillon épinglé sur un bouchon, suspendu aux lèvres du grand Raymond, le palpitant ne battant plus que d'une aile, bouche bée.

Sûr, il ne faut pas le brancher bourlingue trop souvent le grand Raymond, avec son bagout et bien lancé il peut vous tenir sous le charme une éternité. À ce moment-là, que ce soit grisaille et gadoue partout, qu'il pleuve ou qu'il vente sur le pavé, dans notre palace de paumés, tout, soudain, se met à briller. C'est bateaux chargés à débord de contrebande accostant nuitamment à d'incertaines calanques, boucaniers borgnes, grappins d'abordage, cargaisons mirobolantes ! D'autres fois jonques, sampans flânant à la godille sur les flots berceurs du fleuve Rouge ; en prime il nous fait, Raymond, les petites Tonkinoises à ventre de biche, nues sur des nattes de bambou, offertes, frivoles, expertes en bagatelles extrême-orientales ! Et avec ça il ne nous ménage pas les détails, croyez-moi. Vous pensez si le succès est assuré ! Renée, la première, se montre friande de ces anecdotes depuis cent ans rabâchées mais dont nul ne veut se lasser, au point qu'emportée par l'élan il lui arrive même de mettre parfois sa tournée. Alors le grand Raymond virevolte face au comptoir, avance son verre pour un second morgon et du bout des doigts tapote son fume-cigarette sur le rebord du cendrier, ça signifie : Pour aujourd'hui c'est terminé.

N'allez pas croire pour autant que nous soyons nichée de gourdiflots et gobe-mouches là-dedans. Non, personne n'est dupe ; caravanes de singes, mangeurs de pavots de Haiphong, bordel chinois de Cho Lon, on se doute bien : affabulations et fantaisies ! Tout ça, pour sûr, c'est du pipeau, bien entendu ; mais tant pis, on est tellement contents quand le grand Raymond raconte !

On sait qu'il a passé jadis deux ou trois ans sous les drapeaux dans l'Indochine des années trente, qu'il a trafiqué un temps des ivoires, des oiseaux même, avec un quarteron d'aigrefins rescapé de l'ancienne A.-O.F, mais pour le reste il faut bien reconnaître qu'il ne s'est guère émancipé du quartier ; sa femme, d'ailleurs, tient depuis toujours la loge à deux numéros d'ici, au treize plus exactement.

L'un dans l'autre, vous l'aurez compris, le plus beau de l'histoire c'est que tous les Brunetti se trouvent embarqués ensemble sur le même bateau les jours de gloire où Raymond largue les amarres ; des Byrrh aux sylvaner, des Dubonnet aux beaujolais et jusqu'aux Pschitt citron suceurs de glaçons qui font partie du décor, pas une tablée ne voyage autrement qu'en première. C'est « Connaissance du monde » en eastmancolor et sans décaniller de son tabouret, comme qui dirait les Sept Merveilles à portée du premier trinqueur venu. À quoi bon dès lors se transbahuter aux antipodes, je vous le demande, si c'est pour y retrouver ce que l'on a en somme sous la main ?

J'en connais des petits Marius — j'y reviens, permettez ! — qui avant même d'avoir vendu père et mère à la mort et conclu le marché ont bazardé armoires, literie, lingerie, bimbeloterie, âme au diable et maison de famille pour se payer l'envol vers la vallée du Nil, en troupeau compter et recompter, ahuris, les trois pyramides, tirer les vers du nez au perfide sphinx, ou s'en sont allés en compagnie de garçons coiffeurs reconvertis en soi-disant marchands de biens plonger en apnée dans la mer des Antilles, casser aussi de la canne à sucre sur le dos du nègre de la Martinique et, fiers comme des poux d'avoir vu tant de pays, sont revenus beaucoup plus bêtes encore et terriblement chiens-loups qu'ils n'étaient partis.

Ils vous auront accablés aussi, je n'en doute pas,

de leurs récits de voyage lardés de considérations oiseuses et commentaires à se tordre sur les mœurs et coutumes des brahmanes du Maharashtra ou vous auront complètement broyé le moral avec leurs balivernes débitées sur le ton sentencieux de ceux qui maintenant en connaissent un morceau, sans compter les bien bonnes à propos de la parade nuptiale du guimbo à tête de cochon ou du moustique à pattes blanches et autres fariboles à vous filer le bourdon définitif.

Ils vous ont ramené bien sûr de leur imbécile périple — ne dites pas non ! — au moins une tête de Bouddha en plastique massif made in Prisunic imitant à merveille l'obsidienne et qui vous protégera dorénavant des ondes telluriques néfastes, chassera les idées noires de votre foyer en combattant votre obscurantisme. — *Elle va agir, mes chéris, tout à fait comme la planète Pluton, en désintégrant tout pour mieux reconstruire !* ils ont dit sans rire. Vous avez acquiescé, vous vous êtes confondus en mille remerciements, vous avez placé en prenant des précautions d'esthète la tête infecte sur un napperon dessus la télévision. Qu'allez-vous devenir à présent ?…

J'ai subi de la sorte, autant que vous, les séances de photos de vacances de ces chausse-petit du vol charter qui, un instant dans leur vie, se sont pris pour Stanley et Livingstone sur les bords du Tanganyika réunis. Ektachromes impression soleil couchant, moutards aux yeux rougis et grenouille godiche en bikini au premier plan. À vous faire regretter que Nicéphore Niépce ait inventé la photographie. Allez, zou ! ça suffit : Pour aujourd'hui c'est terminé, merci !

Maintenant écoutez-moi, voici une vérité dont je puis vous assurer pour l'avoir de longtemps éprouvée : on ne voyage bien en fait qu'au café, en compagnie d'un panaché, d'une verte, d'un Cinzano ou d'un petit noir arrosé si vous préférez ; un modeste reginglard de charbonnier ferait d'ailleurs tout aussi bien l'affaire. Table de bois, pichet auquel se réfère la main même si l'on n'a pas soif, chaleur enveloppante de la discrète musique du zinc souvent en sourdine sur le coup des neuf heures du matin, froissement des pages du journal que susurre un vieux de la vieille tout en lisant tandis qu'à ses côtés et l'air réfléchi un autre bourre avec application sa pipe à gros fourneau d'un paquet de gris. Économie de paroles, échanges fugaces, comme en aparté et juste pour dire que le temps va changer ou qu'Ils ont encore augmenté la baguette. Assis un peu à l'écart en équilibre sur un bord de tabouret un carabin révise à la va-vite le dernier cours, s'encourageant pour cela d'un grand crème et d'une bout dorée. La patronne au pas lourd et qu'on imagine presque en robe de chambre et chaussons tant on se sent ici chez soi, vous sert sur un simple signe de tête le verre désiré, une seconde votre écot tinte en tournoyant telle une minuscule toupie dans la soucoupe de fer-blanc ; vous avez fait l'appoint, le compte est bon. Vous pouvez appareiller.

Qu'importe alors le temps qu'il fait sur les boulevards ; voyageur sans valise livré à la méditation et à de multiples découvertes, seul, vous explorez la profondeur intime du monde à l'abri des gesticulations insensées du dehors qui sans cesse l'efface au profit de mille grimaces. Posé là, immobile au milieu des petites gens au parler économe dont vous vous faites le silencieux complice, l'air absent dans l'atmosphère feutrée des lieux, avec pour armes et bagages seulement votre blanc sec et un journal sans raison déplié sur la table, vous voici, emporté par le cours de votre rêverie, doucement devenant capitaine de toutes les espérances.

Oh ! vous n'êtes du tout coupé, comme seuls les imbéciles voudraient le croire, de l'âpre et inextricable réalité quotidienne ; non, légèrement en retrait pour ainsi dire et relié à l'univers précisément par ce silence subtil et si particulier qui caractérise certains cafés de quartier à mi-matinée, vous envisagez d'un regard audacieux et reconsidérez un instant la vie, la vôtre comme celle d'autrui, telle qu'elle est, telle aussi qu'il suffirait de peu pour lui rendre l'âme à nouveau. Quand même le ciel reste de suie et l'horizon fermé, les pensées les plus folles vous habitent, les voyages les plus inespérés vous les faites.

Oui, des siècles sans crainte peuvent s'écouler ainsi et l'éternité n'est plus inutile à celui qui de confiance s'abandonne au cœur des cafés pour y naviguer tout à loisir ; son regard au hasard s'échappant par-dessus les petits rideaux bonne femme de la boutique, l'ombre d'un instant il pourra découvrir alors des ailleurs peuplés d'incroyables Éthiopies, bienheureux Rimbaud de bistrot tout le mystère de la vie d'un coup s'offre à lui.

Il n'est, voyez-vous, d'aventures et de vagabondages vraiment souverains que par les cafés et par le vin et jamais ne pourra rivaliser avec de tels enchantements aucune des absurdes chevauchées ou cavalcades-polaroid des petits Marius avaleurs de fuseaux horaires et amateurs de grands déménagements. Il n'y a pas à tortiller là-dessus, depuis que le monde est monde c'est comme je vous le dis.

Domi, notre cantonnier, accroché à balai et brouette toute la sainte journée et qui connaît mieux la place du Pont que mulot son terrier comme s'amuse à le rappeler en rigolant madame Loulou, il a sa vie durant voyagé de la sorte entre pavé, caniveaux et comptoirs ; deux coups de balai un coup de rouge vite fait bien fait et une portion de frites sur le pouce avalée, le voilà regonflé qui repart l'automne à la feuille morte, l'hiver à gadoue, à pas grand-chose l'été. Je peux vous assurer, voyez-vous, que ce sont bien ces voyages de trottoirs en troquets et tous ces petits canons à la sauvette siphonnés sur un coin de bar qui l'ont finalement sauvé. Catégorie mistoufle, Domi, il a en effet été longtemps premier violon pour tout dire ; sans la Friterie-bar Brunetti, une ou deux autres crémeries aussi et quelques godets de côtes-du-rhône à la clé s'en serait-il jamais tiré ?

Sûr il n'y a pas plus taiseux que lui, mais les rares fois où il lui arrive de s'épancher, certains soirs de cafard où l'avenir ne lui paraît vraiment pas en grande forme, alors c'est à faire pleurer un régiment de gardes suisses tellement des ennuis il en a connu, tellement la poisse l'a poursuivi, s'est acharnée. Ces soirs-là c'est pas une, c'est pas deux, c'est au moins cent tournées de mâcon, d'aligotés, de brouilly et de fleurie qu'il faudrait remettre à la ronde si on voulait, entre frangins, pour de bon lui faire passer le chagrin ; même le grand Raymond qui n'a pourtant pas un oursin dans le porte-monnaie quand il s'agit d'arroser n'y suffirait.

Je peux, en aparté, vous en toucher un mot si vous y tenez et bien qu'il n'y ait dans toute cette histoire rien de très réjouissant, plutôt de quoi désespérer encore un peu plus si possible était de voir un jour l'âme humaine se dégager de la fange, un brin s'extirper du bourbier. (Au chaud dans un café, aidé d'un verre de vin, on peut toujours rêver !)

Donc, voilà, puisque vous insistez, j'y viens ; sa femme d'abord, une perruche qui se pensait d'extraction supérieure parce qu'ayant, gamine, péniblement décroché un BEPC et assimilé de bric et de broc des rudiments de sténo (se piquant même de jargouiner l'anglais, si vous voyez !), après lui avoir fait souffrir l'enfer au foyer comme en société et s'être appliquée méthodiquement à l'humilier sans cesse avec ses prétentions à connaître l'envers, l'endroit et tout le reste, un beau matin l'a largué sans plus de façon pour aller s'amarrer à un maquereau un tantinet indic qui pratiquait le chantage au sentiment dans un clandé pour fonctionnaires du fond du panier et bourgeois étriqués des alentours d'Ainay. Forcément, Domi, ça l'a quand même contrarié, vous pensez ! Sur le coup il a bien failli rouler tout entier à ravine, s'étant mis à grisonner avant l'heure, retranché du monde et occupant toutes ses soirées à essayer de justifier son infortune, montant et démontant alors pour lui seul et avec une nervosité de mauvais horloger les monstrueux mécanismes de l'adversité. S'il n'y avait eu quelques cafés et d'abord la Friterie-bar Brunetti pour le repêcher, il serait peut-être bien aujourd'hui, Domi, à roupiller sur un lit de graviers perdu au fond du Rhône en compagnie de goujons et belles ablettes argentées.

Dans les moments d'abattement où il lâche la bonde à déboires et affliction, les jours de pluie surtout qui l'ont tenu au zinc plus que de raison, alors c'est bien rare si Ginette, que les peines de cœur chamboulent à vite la porter au bord des larmes, ne se redresse pas tout soudain de sa demi-torpeur de grande buveuse de jaja pour s'écrier : — *Allez, un brouilly pour Domi et à chacun sa tournée !* interrompant Renée en train d'éparpiller à même le carreau la sciure à pleines poignées pour tenter d'absorber toute cette noirceur, aussi la flotte que ramènent du dehors les godasses crottées. Comme ça même Ginette dont l'alcool a déjà mangé la moitié de la mémoire, à la santé de Domi reboit un coup pour oublier encore et plus rien voir.

Mais surtout c'est son fils à Domi, voyez-vous, qui lui a causé la tristesse de sa vie. Un lascar rudement costaud pourtant mais — c'est le père Joseph qui le dit — *qui doit avoir une pipistrelle à la place de la cervelle, ma parole !* On le voit parfois passer dans le quartier, déguisé en sapajou et toujours comme astiqué à la graisse d'ours, roulant les mécaniques tel Gugusse qui serait tout occupé à la traque de Bonnie and Clyde ou sur les traces d'un nouveau docteur Petiot, ni plus ni moins. Quand on l'aperçoit de derrière la vitrine, avec ses airs de brute à boire des bières en boîte et sa dégaine de cogne-dur, c'est bien rare si quelqu'un ne s'écrie pas : *Gaffe un peu la bête à trique !*

Il voulait lui ouvrir les portes de la science et du paradis à son unique loupiot, Domi, surtout qu'il ne soit pas cantonnier ; des années durant voilà la hantise qui ne l'avait quitté d'une semelle. Quand sa gourgandine l'avait plaqué pour s'en aller jouer les mademoiselles dans sa bonbonnière d'Ainay, il avait pris sur lui de pourvoir seul à l'instruction de son grand dépendeur d'andouilles, n'hésitant à sacrifier ses jours et ses nuits afin de lui assurer pour l'avenir un curriculum vitae qui lui permette d'échapper à ramasseur de crottes de chiens dans les squares ou gardien de troupeaux en Saône-et-Loire.

Pour Domi, chaque coup de balai devait rapprocher le fiston de la très belle situation, dès l'aube cramponné à l'arrière de sa benne à ordures il rêvait déjà son rejeton bien au chaud derrière un bureau, pépère à noircir des formulaires pour, dès cinq heures l'après-midi, rentrer chez lui concocter longuement des week-ends enchanteurs dans quelque petit pavillon de banlieue avec la pelouse et le mûrier-platane au milieu, l'hiver living-room et coin de cheminée, la grillade de porc sur le barbecue l'été ; la vie de château, quoi ! Tous ses beaux dimanches à lui, Domi, il les avait de bon cœur consacrés à trimer dur dans les propriétés d'aristos de Champagne-au-Mont-d'Or et alentours ; taillant les haies, élaguant les arbres, entretenant massifs et plates-bandes, se tuant à la tâche pour des aumônes de quelque trente sous. C'était le prix à payer pour l'éducation bonbon du garçon dans les pensionnats à curés de la région.

Des années et des années, vous comprenez, à tenter ainsi de désengraver le gamin de la mouise, par des maîtres inspirés et cher payés le faire remorquer coûte que coûte jusqu'aux merveilleux rivages de sable fin, là où l'existence peut ensuite se dérouler tout en douceur comme dans les superproductions en couleurs.

— *C'est la faute à pas de chance !* avait tranché Ginette, une connaisseuse question déboires et désillusions, le jour où Domi nous avait raconté comment, pour finir, son couillon de fils s'était fait flic, pistonné en cela par l'indic d'Ainay, un comble !

Depuis on est tous d'accord chez Brunetti, et le tout premier Domi à qui, maintenant, Dieu a le don de taper sur les nerfs, pour reconnaître que l'abruti pandore n'est plus un être humain. Le père Joseph surtout montre la dent dure qui dans la Résistance maintes fois a eu maille à partir avec les poulagas de tout acabit, et même les affidés de Paul Touvier si vous voyez ; il ne l'appelle plus que « le milicien » lorsqu'il lui arrive de le repérer se pavanant dans le quartier où il est connu comme pas commode et plutôt cogneur par tous les braves gens n'ayant d'ordinaire rien à faire avec la flicaille.

C'est misère de tous temps, je vous le dis, et dégénérescence de l'embryon de voir ainsi la bourgeoisie corrompre des fils du peuple pour les métamorphoser en domestiques soumis à son service et bornés à la sauvegarde de ses intérêts obscènes, attachés à la défense de ses desseins les plus sordides. Levant nos verres à l'avenir, madame Loulou et moi, le p'tit Frédo aussi parfois, on entonne alors de furieux hymnes à l'anarchie à faire trembler toute la baraque et soulever jusqu'aux pavés de la rue sous les croquenots du renégat !

Maintenant il vit seul Domi au milieu des autres avec, en tête, des impressions définitives et bien moches sur l'existence ; il vient soigner sa grêlée de cicatrices en notre compagnie, au zinc de chez Brunetti, sa vraie famille en somme. Comme ça les jours de vague à l'âme, de pluie et de brouilly, il peut quand même rentrer chez lui debout, en partie rassuré sur la fraternité humaine et repousser aussi à plus tard certaines de ses drôles d'idées noires et alors Renée peut commencer tranquillement à mettre les tabourets sur les tables. *C'est l'heure, les enfants, on va fermer !* comme elle dit chaque soir avant de servir le dernier, pour la route, à Ginette toujours lente à démarrer.

Entre nous soit dit, combien de ces petits paradis, à l'instar de la Friterie-bar Brunetti, ne payant certes pas de mine mais où l'on se sentait l'âme au chaud et chez soi, ont aujourd'hui disparu de nos coins de rues, sauvagement sacrifiés par les requins de l'immobilier et les fricoteurs de la finance au profit de quelque comptoir bancaire, succursale d'assurances ou officine de pharmacien quand ce ne sont pas des boîtes de sapes à la m'as-tu-vu où des pimbêches anorexiques viennent se nipper en dégriffé qui ont conquis le terrain et balayé d'une envolée boursière toute la chouette ambiance du quartier ?

Ainsi le menu peuple des fabriques et des ateliers, les gagne-petit et les trime-dur aux mœurs simples et plaisirs sans façon, leurs mémères à paniers tôt le matin de retour du marché ou le soir en fin de faire des ménages et même leurs mioches aussi au sortir de la communale assidus en diable aux sirops d'orgeat ou d'écarlate grenadine payés le plus souvent sur le pouce par le patron n'ont plus dès lors pour seule consolation que reluquer à l'envi les vitrines au faux luxe tapageur et provocant, voir voler en rêve des pavés dans leur tête et, toute rage toutes larmes rentrées, réintégrer leurs quatre murs pour y tourner en rond et s'aveugler pour de bon devant le poste de télévision.

J'ai vu ainsi disparaître, emportés par le criminel tourbillon du modernisme à tout prix et les jetons de présence de sociétés anonymes, nombre de ces havres de paix et de franche camaraderie où dès potron-minet le tourneur sur métaux venait s'enfiler un café calva pour se donner du cœur à l'ouvrage devant la rude journée, croisant au comptoir le copain ayant terminé ses trois-huit et qui, lui, arrosait ça d'un panaché avant d'aller, fourbu, retrouver sa Joconde et se coucher. On se donnait les nouvelles du jour, celles de l'atelier, on ne tenait pas conversation, des bribes seulement ; dans le frisquet du petit matin faire des phrases était vain. Chacun n'était là que de passage pour ainsi dire, comme en transit entre deux vies, réfugié une seconde dans cet asile de calme et de sérénité, juste le temps de reprendre forces pour continuer. Dans un coin le poêle ronflait fort ; d'une simple esquisse de sourire et sans mot dire la patronne quand même vous rendait foi en l'avenir.

Ce n'est que sur le coup des dix heures que certains de ces troquets enfin s'animaient avec les gars du bâtiment aux épaules carrées et larges paluches calleuses qui débarquaient pour s'installer, rigolards, dans l'odeur encourageante de calendos et saucissons qu'ils tiraient des musettes tout en réclamant à cor et à cri qu'on leur verse à débord le gros rouge, celui qui tache les vareuses et fusille les amygdales. C'était le quart d'heure de pause entre deux montées de moellons ou brouettées de mortier, manière pour les costauds de respirer un instant, se refaire du muscle et ressouder aussi l'équipe en partageant les victuailles des uns et des autres autour de quelques pots à la six-quatre-deux liquidés comme si de rien n'était et dans la bonne humeur générale. Bien surprenant si vous ne voyiez pas rappliquer alors le boulanger d'en face, sur ses talons — *Un moment ! J'arrive !* — l'épicier suivi de près par le tailleur d'à côté qui, en père tranquille, tous les jours que Dieu fait vient s'acoquiner aux deux loustics pour encourager sa bedaine naissante d'une salade de clapotons et d'une cervelle de canut gentiment englouties entre bons vivants sur un coin de table à vin.

Ce petit mâchon de mi-matinée, judicieux en-cas pour tenir jusqu'à midi, permettait d'aborder sereinement la plupart des problèmes métaphysiques du quartier comme le stationnement automobile devant les vitrines, la circulation impossible aux heures de pointe dans la rue Moncey qui fait courir des risques considérables aux mômes à patinettes et met en danger la bonne ouïe des populations par ses intempestifs concerts de klaxons, tant d'autres sujets d'ordre certes un peu général mais quand même concernant bigrement l'intérêt commun. David, le tailleur, souvent, ne craignait pas d'élargir ce bref tour d'horizon des avatars du clocher au plus vaste domaine des turbulences internationales du moment et donnait en toute occasion un avis toujours bien senti sur la question que s'empressait d'approuver aussitôt avec force hochements de tête et oui ! oui ! d'enthousiasme plusieurs fois répétés son auditoire ravi lequel n'avait d'ailleurs l'envie de s'opposer ni à la finesse de ses arguments ni au définitif de ses postulats.

Ainsi, entre la poire et le fromage et copieusement arrosées de quelques canons de côtes-rôties, bien des grandes causes qui, pour le vulgum pecus, pouvaient sembler embourbées d'avance dans les pires impasses et ad vitam trouvaient ici, entre épicier, tailleur et boulanger, un dénouement aussi heureux qu'inespéré sans toutefois que le reste de la planète en soit hélas franchement informé.

La Friterie-bar Brunetti, fondée en 1906 au 9 de la rue Moncey, comme je vous l'ai dit, et dont j'ai entrepris par fantaisie de célébrer ici le souvenir, rapport à mes à-valoir surtout, n'oubliez pas !, occupait dans le quartier de la Guille une position hautement stratégique puisque située à deux pas à peine de la place du Pont et de son légendaire magasin Prisunic, lui-même ouvert début des années trente sur l'emplacement de la Grande Brasserie Charroin où se retrouvaient alors les enragés du Damier lyonnais pour de terribles tournois, mais aussi et déjà les marlous à rouflaquettes et casquettes à pont immigrés du Piémont, les zouaves à couteaux des casernements tout proches et quelques Casque d'Or au petit pied en congé des maisons de la rue Turenne, Marignan ou alentour.

La Friterie Brunetti des années soixante qui fut la mienne, c'est de tous ces cocos-bel-œil, manilleurs aux enchères, petites gens à la débrouille, marchands de chansons et coquettes de la barrière qu'elle a pris le relais avec, en prime, la clientèle assidue et siroteuse des smicards du Prisunic, celle bambocheuse et forte en gueule des chauffeurs de taxi pour qui le zinc tenait le plus souvent lieu de borne et aussi les séfarades tout juste débarqués de Casa ou Tanger, de Tunis et Tabarka, la plupart négociants en tissus chamarrés de faux or et lourdes broderies débités au petit métrage ou bradés par coupons entiers dans le clair-obscur d'échoppes étriquées ou alors ciseleurs de bagues, bracelets et pendeloques tarabiscotés en invraisemblables turqueries que lorgnaient avec gourmandise les matrones du coin.

À ce florilège de tous les petits boulots de tous les faubourgs de l'univers il fallait ajouter les arrivants d'Alger, Blida ou Constantine, les Mohamed qui levaient le rideau des premières boucheries halal, les Ali tenant étal d'épices, pistaches, pois chiches et semoule à couscous, d'autres ouvrant des bazars trouve-tout où s'entremêlaient pêle-mêle poêles à paella, tapis de prière, shampooings au henné et tout un fourbi défiant le moindre inventaire, cependant que les plus mal lotis d'entre eux quittaient tôt le matin leur meublé pour s'en aller à pied à l'autre bout de la ville se faire briser l'échine par les gardes-chiourme de chez *Pennaroya* pour le plus grand profit du patronat.

Tout ce petit monde se croisait un moment l'autre de la journée au comptoir de chez Brunetti, pour le croissant-crème du matin, au Ricard mominette sur le coup des midi, aux petites mousses fraîches d'après sieste et discutait boutique en passant, échangeait à la va-vite des points de vue à l'emporte-pièce sur quelques faits insignifiants ou se fixait rapido d'impérieux rendez-vous d'affaires pour d'improbables autres fois, ainsi sans discontinuer jusqu'en début de soirée où, une certaine accalmie succédant au remue-ménage de la ruche, nous nous retrouvions le plus souvent entre habitués sous l'œil bienveillant du père Joseph encore affairé aux fourneaux pour son ultime bassine de frites tandis que Renée emplissait les verres et distribuait les chopines, chacun y allant de son commentaire sur les menus événements du jour, le grand Raymond déjà tirant des plans sur la comète pour des lendemains qui, c'était à n'en point douter, pour tous se mettraient certainement à chanter, *Fort et pas qu'un peu !* comme il disait toujours.

À l'heure qu'il est le grand Raymond arrondit sans doute son ardoise à lamper quelques tardives mauresques ou gangadines glacées au bar de chez Saint-Pierre en compagnie peut-être, allez savoir !, de Ginette toujours dans les nuages, d'un ou deux vieux ronchons du temps jadis, du père Carmet, pourquoi pas ?, et de toute la famille Duraton au grand complet cependant que les lendemains, devenus subitement des aujourd'hui sans saveur, en loques se traînent, essoufflés, au cul du capital suçotant du bout de pailles en plastoc des canettes de coca-cola dans la lumière carcérale d'anonymes cafétérias.

Le complot des banques et des beaufs, si vous voulez que je vous dise, est d'en finir une bonne fois pour toutes avec ces petits estancos à camarades où, dès la première tournée, on fraternisait d'emblée à tout partager et dans l'effervescence de discussions bien arrosées chacun à sa manière remodelait alors le monde de fond en comble jusqu'à deux heures du matin heure à laquelle, la solution de l'anarchie solidement établie, dans le bienfaisant engourdissement des flacons éclusés nous gagnait lentement une certaine somnolence qui nous portait peu à peu à une parfaite sérénité. De cela ils ne veulent pas. De cela ils ne veulent plus entendre parler, jamais. *Plus jamais ça !* c'est leur devise, sans rigoler.

Le complot des banques, des beaufs et des charognards de l'immobilier a toujours été d'en finir avec et d'éliminer une bonne fois pour toutes ces petits cafés de quartier dans la chaleur desquels s'assemblait le populo en fin de son affolant labeur pour, les uns et les autres joyeusement trinquant à la solidarité, rosser en paroles le gendarme, pester contre les prétentions du proprio et le prix du pain, se rebiffer avec la fougue des humiliés contre toute autorité voire même, ainsi que l'ont toujours redouté les banques, les beaufs et les charognards de l'immobilier, manigancer quelque coup tordu à l'encontre de leurs intérêts et de leurs viles magouilles.

Voilà pourquoi tant de Friterie-bar Brunetti, tant de Bistrot de la Mère Christain et autres Écorche-Bœufs, Comptoir du Soleil, Chez Mimi et Popaul, Aux Deux Absinthes, cafés matineux pour assoiffés de l'aube, bars à vins de ruelles obscures, tardifs troquets tenant rideau levé jusqu'à point d'heure ou minuscules bouchons au kitsch époustouflant vous enjoignant d'entrée : *Prenez la vie comme un Martini !* se sont retrouvés aspirés comme si de rien n'était par l'horrible trou borgne des démolisseurs, équarrisseurs de toute poésie, et métamorphosés en moins de deux par les promoteurs à bagouses et cravate club en selfs, snacks, Quick et Mac, temples de la finance aseptisés où officie dans une parfaite indifférence une poignée d'automates en uniforme au service de pantins hébétés consommant sans mot dire la merde capitaliste dans une solitude peuplée d'assassins.

Derrière son comptoir Renée en tablier bleu éternellement peste déjà contre le robinet du bac à vaisselle qui ferme mal et s'obstine, dans un irrémédiable et lancinant goutte-à-goutte, à laisser filer le temps et s'écouler les jours heureux sans qu'on puisse rien y faire, semble-il ; pas plus le père Joseph et ses astucieux rafistolages de chatterton que madame Loulou qui pourtant toujours trouve la bonne formule pour échapper aux embarras de toutes sortes et conserver intacte sa foi en l'avenir.

— *Ce n'est jamais que de l'eau, qui s'échappe !* je dis, relevant un instant la tête de dessus mes griffonnages qui noircissent déjà six feuillets d'une abominable contrefaçon des *Pianos mécaniques* d'Henry-François Rey, quand ce n'est pas *Le Pont Mirabeau* revisité tout à trac dans l'inspiration endiablée du moment ; j'ai vingt ans, vous comprenez. Le robinet de Renée peut bien fuir comme des romanichels en roulottes leur ultime campement, pas d'affolement !, j'ai devant moi l'éternité et des poussières pour vider mon verre et m'épater moi-même de tant de bonheurs et de rimes riches aux heures et au vin mêlés.

Ma table c'est celle du fond, pas celle proche du poêle, non, l'autre à droite en entrant. Un poste d'observation bénéficiant du tout confort de la banquette de moleskine qu'en somme moi seul ou à peu près patine et de mes fesses fais reluire à qui mieux mieux (les autres tables ne sont pourvues pour la plupart que de rustiques tabourets), cette position offre au demeurant la relative tranquillité d'une manière de retrait d'où je peux à ma convenance appliquer toute mon énergie à une prodigieuse œuvre poétique en devenir ou alors, selon le loisir, converser familièrement avec la fine fleur de la boutique des mille et une petites intrigues du quotidien. À intervalles quasi métronomiques et sur un simple clin d'œil, hop ! Renée me sert le blanc sec qui donne bien du talent pour les belles choses et procure aussi la douce euphorie nécessaire à tout enchantement.

Rares sont les jours, je vous assure, où ne rapplique pas, à l'apéro ou en début de soirée, Vincent dans son costume de velours vert annoncé par sa chienne Flora qui déboule comme une folle entre les guibolles de l'assemblée, faisant fête à Domi, à Ginette, à Frédo, s'attachant plus précisément au grand Raymond toujours prompt à lâcher ni vu ni connu le morceau de sucre défendu. *Salut l'ami !...* Et aussitôt à la table du fond c'est kyrielle de kirs, cinzanos, cognacs, pernods, communards ou cafés et pousse-café (cigare souvent compris), selon caprices et lubies et sans avoir seulement souci de la saison ni même de quelle heure il peut bien être. Nous allongeons ainsi gaiement les ardoises et, valsez saucisses !, à chacun sa tournée dans la fumée chasse-mouche des Toscani, des pipes et des papiers maïs.

Tous deux biologiquement réfractaires aux ordres, aux chefaillons et à l'autorité de quelque fripouille que ce soit, de fiole en fiole nous élaborons soigneusement et en prenant des précautions d'apaches le système débrouille qui nous permettra, tranquilles comme Baptiste, de nous dérober pour de bon et ad vitam à la chienlit du big bizness et de la bureaucratie. Ainsi les soirs de brouillard à couper au couteau on braque des banques dans de lointains arrondissements à petites rues tordues et réverbères vacillants, camouflés en monte-en-l'air en deux coups de pied-de-biche et cuillère à pot on fait sauter la caisse noire de notaires et de pharmaciens planqués au mitan de quartiers rupins, on se sape à l'œil en grande surface où Vincent sait aviser les filles pas très enregistreuses, je fauche, moi, mes bouquins dans les rayons de chez Flammarion place Bellecour et revends les nanars genre Machin ou Trucmuche chez Gibert, la porte en face ; menue monnaie pour amuser le tapis en attendant mieux.

Quand l'urgence à boucler des fins de mois ayant fâcheusement tendance à devenir hebdomadaires soudain s'impose, alors on se résigne sans rechigner à quelque job de peu d'envergure si possible fastoche et de rapport rapide ; Renée y met du sien qui ne regarde pas trop aux principes et laisse filer le drapeau sans se faire de mouron pour ses royalties, elle sait bien qu'en cas d'effondrement du palais Brongniart surviendrait alors une aïeule inquiète de nos prodigalités ou certaine tante Jeanne de circonstance pour remédier à notre banqueroute et en douce éponger les dégâts.

C'est confortablement installé à cette fameuse table du fond (celle à l'opposé du turbulent poêle à charbon, comme je vous l'ai dit) que je m'étais annexée mieux que l'Autriche la Bosnie-Herzégovine et que le grand Raymond soi-même avait décrété être *la table de monsieur Pierre*, qu'à peine réchappé des galères des révérends pères qui s'étaient montrés d'une outrecuidance folle à vouloir selon leurs sales méthodes m'instruire, j'ai jeté par-dessus les moulins toutes les vies de Marguerite-Marie Alacoque, Marcellin Champagnat, Pothin, Blandine et autre ribambelle de saints pour m'élancer au-delà d'un monde de pacotille dans les bras de *Notre-Dame-des-Fleurs*, tout en transe dévorant des heures durant Villon, les dits et complaintes de Rutebeuf, arpentant *Canisy* en compagnie du camarade Follain ou, suspendu aux basques de Bardamu, voyageant alors en rêve loin jusqu'au bout de la nuit. C'est à cette table sans prétention qu'une journée de décembre particulièrement inspirée j'eus la révélation d'un souffle de grandeur et de folie quand Hubert Selby Jr à bout de nerfs me fit plonger avec lui au dernier fin fond du fond de tout et que je n'émergeai finalement des bas quartiers de Brooklyn, lessivé, qu'aux sollicitations pressantes et inquiètes de Renée ayant mis mon état d'intense exaltation sur le compte d'un excès de mâcon.

Je ne saurais vous dire combien de trublions de génie, d'Henry Miller au consul de Malcolm Lowry, du médecin de Jean Reverzy à Louis Guilloux, de Calaferte à Gombrowicz en passant par Cioran et ses petites mallettes bourrées d'aphorismes, un jour ou l'autre déboulèrent sans façon dans la Friterie-bar Brunetti pour s'installer face à ma banquette et entreprendre aussitôt de m'enivrer au récit de leurs glorieux vagabondages et de leurs mirobolantes aventures, me laissant dans l'instant le souffle coupé et, pour toujours, la tête dans les comètes.

Depuis ce temps révolu et maintenant quasi paléontologique de la Friterie-bar Brunetti elle-même disparue aujourd'hui et dont j'ai entrepris, je ne sais trop pourquoi, de vous conter deux, trois historiettes à peu près oubliées de tous mais qui, moi, me turlupinent toujours, Vincent a su se montrer rond en affaires et n'y est pas allé par quatre chemins pour échapper à la vulgarité de l'époque et se soustraire aux contraintes de la petite cuisine capitaliste, aux manigances de ses joyeux pousse-au-crime : il a tout bonnement ouvert son propre bistrot, La Terrasse du Château, l'enseigne qui rallie tous les suffrages à Roussillon, un patelin épatant de l'Isère, et fait courir les innombrables picoleurs du canton qui savent qu'on n'y trinque pas au frelaté, aussi qu'on y fraternise dur dans les coude-à-coude et l'ambiance bon enfant du comptoir. En somme il a imaginé, le bougre, le parfait filon pour se maintenir à perpète dans les frasques de la jeunesse et rester fidèle, à la façon d'un authentique artiste, à nos utopies d'antan.

Vous qui me connaissez un peu, maintenant qu'arrivés là, me croirez certainement sur parole si je vous dis n'avoir non plus mis trop d'eau dans mon vin, plutôt m'être maintenu tout entier du côté de ces hurluberlus magnifiques de vie et de folie que je n'ai cessé, depuis la Friterie Brunetti, de fréquenter avec ferveur et très souvent dans la chaude haleine des petits cafés de quartier, me fabriquant par ce biais, au fil des jours et pour ainsi dire de godet en gorgeon, une culture de bric et de broc au gré des rencontres et selon caprices et penchants du moment mais toujours, cependant, constant et acharné à la lignée des révoltés et rebelles champions du monde toutes catégories question anathème et dissidence, jamais ne cédant au tape-à-l'œil des fausses gloires têtes de gondoles et à leurs pavés de molles mièvreries à la mode.

Ainsi, rien dans les mains rien dans les poches, avec simplement ces quelques cailloux du bord du chemin au creux des poings tenus serrés à n'en certes pas faire une montagne, quand même je me suis acquis de cette façon la faculté de tenir tête aux traquenards du quotidien, résister aussi à l'oppression de cette société de termites et aux tristes obsessions de ses mercantis, pareillement renvoyer dans les cordes la clique des beaufs et charognards de toutes engeances qui, sous le drolatique prétexte que j'aurais des comptes à leur rendre ou selon leur bile mal à propos échauffée, en viennent à l'excès à me chercher chicane prenant malin plaisir à s'inventer quelque vieille querelle de clan, de mafia ou de famille toujours propice à ferrailler. Tous ces petits Marius et consorts maintenant, haïku ou acrostiche, d'un poème je les plie ; deux adjectifs et un adverbe me suffisent, les voici à quatre pattes fébrilement grattant la terre pour en recouvrir leurs excréments.

Vous pouvez ainsi le constater par vous-même : c'est dans les cafés que j'ai appris à lire, que j'ai forgé mes armes, et mes humanités je les ai faites sur la banquette du fond de la Friterie-bar Brunetti, pas très loin du poêle à charbon et sous l'œil attentif de Renée empressée jusqu'à la dévotion à soutenir mon effort d'un sourire et m'encourager sans façon à coups de blancs secs. Pas à l'école où je ne suis que très peu allé et bien tardivement, devant aider les mégères qui m'avaient en charge au ménage, aux commissions, à la tambouille, à l'épluchage de topinambours et rutabagas à l'économe sur la toile cirée de la cuisine avant que de prendre des baffes en guise d'apprentissage à me conduire proprement dans la vie.

On n'a consenti qu'avec une certaine réticence à me caser à la communale de la rue Robert alors que déjà j'approchais mes huit ans et peut-être, qui peut savoir ?, uniquement parce que Mendès y faisait distribuer à chaque mioche une ration de lait frais à la récré du matin. Ma grand-mère Jeanne Autin, soit dit en passant, avait entrepris un temps de m'apprendre à déchiffrer les mots dans un vieil album illustré des aventures de Gepetto, Jiminy Cricket et Pinocchio (*Se dici delle bugie, piccolo, il suo naso si allungerà !*) ; des mal embouchés fissa avaient mis le holà à ce début d'instruction et m'avaient sans ménagement arraché à sa bienfaisance et à son affection. Par la suite, sitôt passée la saison des culottes courtes et de Gédéon le petit canard, puis celle déjà plus dissipée de Ribouldingue, Croquignol et Filochard, les bons pères qui, je ne sais trop comment, avaient hérité de moi comme d'une mauvaise fortune, ne me laissèrent non plus loisir de me familiariser plus avant avec les études en me flanquant à la porte de leur pensionnat de cambrousse sans autre bagage que mon âge tendre et ma tête de cochon. J'entrai à la Friterie Brunetti vierge devant la vie, même les honneurs du certif m'avaient été épargnés ; ce sont les cafés qui m'ont instruit.

Toujours juché sur son tabouret dans l'angle du bar près de la porte comme pour mieux contrôler les va-et-vient et régler la circulation, veiller aussi en maître majordome à la bonne ordonnance des débats, libations et remous qui agitent l'estanco, le grand Raymond, de sa voix patinée à l'ancienne par plusieurs couches superposées de nicotine, parfois pousse un coup de gueule un peu cassé et rauque certes mais sans appel : *Hé ! on ne s'entend plus parler là-dedans ! Mettez une sourdine, monsieur Pierre écrit son roman !* Alors un court instant, l'assistance interloquée, les conversations baissent d'un cran pour vite retrouver, dans la seconde qui suit, l'habituel charivari des chopes entrechoquées, des exclamations d'enthousiasme, des apostrophes d'une table l'autre, bref le fier chambard de foire à la volaille qui règne la plupart du temps ici, tant il est vrai qu'à certaines heures de la journée et quoi qu'il se passe un bistrot n'a pas le droit de rester silencieux.

Mais cet inopiné petit creux dans le brouhaha ambiant a quand même permis à Ginette, assoupie comme souvent à côté du poêle qui toujours tire trop fort, de soulever mine de rien une paupière, retrouver la présence amie de son ballon de rouge et surtout, tilt !, d'enregistrer qu'allusion avait été faite au roman de monsieur Pierre. Parce que s'il existe quelque chose à quoi tienne Ginette autant qu'à la prunelle de ses yeux et à son ballon de rouge, c'est bien d'être au moins reine du bal dans le roman de monsieur Pierre ; *Vraiment ma vie en vaut la peine* elle marmonne entre ses dents tout en déchiffonnant du plat de la main son éternelle robe noire en faux pou-de-soie à fleurs blanches.

Alors c'est reparti comme en quatorze, elle tousse un gros coup pour s'éclaircir la voix, suçote avec une application gourmande son fond de piqueton et, sans bouger d'un pouce, de son coin de poêle à ma banquette elle entreprend pour la n-ième fois de me raconter par-dessus les caquetages insignifiants du poulailler absolument tout l'envers du décor de sa vie de bâton de chaise (c'est son expression favorite). De son perchoir en bout de zinc, Raymond rigolard à qui rien n'échappe et qui a vite fait de saisir la situation, m'adresse un clin d'œil amusé et compatissant.

Ginette elle débarque chez Brunetti en cours de matinée quand ça commence à trépigner dans la sciure, que les manœuvres des chantiers avoisinants étalent les casse-croûte sur le marbre et que le père Joseph met en route sa première chaudronnée de morue. Elle embrasse Renée sur les deux joues, lui confie son sac à main pour le mettre en lieu sûr derrière le comptoir et, hiver ou autre saison, s'en va prendre son poste près du poêle, comme je vous l'ai déjà dit. De là elle promène un regard faussement candide et un peu éteint au hasard de la clientèle, grommelle sa réprobation quand quelque chose ne lui semble pas tourner rond ou, au contraire, approuve dans leurs opinions ou leur façon de faire les familiers qui, c'est joué d'avance, toujours trouveront grâce à ses yeux. Parfois quand un pèlerin de passage s'en va et qu'une table se libère, alors elle s'extrait doucement de sa banquette pour aller débarrasser, donne un rapide coup de torchon et regagne discrètement sa place pour allumer une gauloise ou entamer un nouveau canon que Renée lui aura servi en douce.

C'est sa manière de participer à l'animation des lieux ; on ne peut pas passer l'entière journée en état d'hibernation, vous comprenez. Elle impose ainsi une présence indispensable, très respectée malgré son allure souvent un peu négligée et son air de ne pas y toucher ; en entrant chacun vient la saluer, s'enquiert brièvement de l'humeur du moment et prend le pouls de la météo à venir d'après l'évolution en dents de scie de ses fichus rhumatismes et les soubresauts de son palpitant.

Vous l'aurez compris : Ginette fait partie des meubles, elle passe le plus clair de son temps chez Brunetti, c'est notre *Reine Mère* comme se plaît à l'appeler parfois le père Joseph et si jamais elle venait à nous faire faux bond, alors c'est que tout se serait vraiment mis à aller de guingois sous les suspensions à boules de la boutique et qu'il n'y aurait plus qu'à éteindre les lumières et baisser le rideau.

Quand elle est repartie à raconter et à raconter encore et encore ses années de jeunesse, jusqu'à n'en plus finir, alors *Ça a débuté comme ça* immanquablement elle commence et la voilà lancée sur l'heure dans le grand voyage à l'envers d'où vous ressortez estomaqué et pantois de tant de déconvenues et de mélasse, soûlé aussi par ce flot inattendu de paroles ; à croire qu'elle est née rue des Embiernes, Ginette, et que seul le souvenir du malheur peut la faire causer.

— *Je venais à peine d'avoir mes quatorze ans, vous pensez ! Mon paternel m'avait placée arpète aux Trois Madeleines, une biscuiterie de la Croix-Rousse* elle dit pour expliquer ensuite comment un soir, la journée terminée, ses compagnes ayant quitté la fabrique, le patron l'envoie bouger des cartons dans la réserve sous le prétexte que s'étant présentée en retard à la pointeuse elle n'aurait pas fait ses heures. — *Sitôt occupée à je ne sais trop quoi dans la pénombre de l'entrepôt, voilà le singe qui surgit tout excité dans l'embrasure de la porte, se jette sur moi et d'un seul élan m'arrache la blouse et les dessous, me bascule — Hardi, petit ! — dans les boudoirs et les bretzels et là me dépucelle à la hussarde sans que j'aie eu le temps de rien comprendre.* Un *Monsieur* pourtant, elle ne manque jamais d'ajouter, Ginette, et qu'on pouvait voir tous les dimanches traîner femme et enfants à Saint-Bonaventure pour des messes à trois chevaux en compagnie du beau linge et des notables de la ville. Le genre de bourgeois roulé en boule dans ses préjugés et sa bonne conscience, portant ruban à la boutonnière, zélé défenseur de la morale chrétienne et de l'ordre établi. Merci mon kiki !

Forcément, Ginette, une telle saloperie et commise dans ces conditions, ça lui avait complètement essoré les sentiments et de façon bien définitive, c'est assez facile à comprendre. La saison des amours s'était réduite pour elle à cette corrida au milieu des cartons de gaufrettes avec mise à mort immédiate de tous ses rêves de prince charmant. Alors elle avait démissionné de Dieu et des hommes, ça la laissait sourde maintenant les trémolos des petits oiseaux et les Pater noster, elle avait viré louve solitaire, ne croyant plus qu'aux mille et une vertus de l'eau-de-vie et du vin aigre-doux qu'on biberonne, pour cicatriser, en célibataire ; à vingt-cinq ans, Ginette, elle était déjà quinquagénaire. Elle n'a comme qui dirait plus jamais changé depuis.

Oh la la, je vous vois venir, non, n'allez pas penser pour autant qu'elle fermente tout entière dans l'aigreur et la rancune notre Ginette, que nenni ! Elle n'est pas femme à ruminer vengeance toute une existence. Sous les froids dehors d'une vieille dame désabusée et revenue de tout, bougonne de prime abord et renfermée en elle-même (parfois un peu soupe au lait, il faut l'avouer) elle cache un cœur d'or et sait encore faire montre de bien des générosités, vous pouvez me croire. Quand elle est décidée ou qu'un brin de vaine fantaisie vient réveiller en elle de vieux souvenirs et d'abord si nous sommes à ce moment-là en petit comité, alors péniblement elle se lève et, comme ça, sans le moindre souffle d'accordéon pour la soutenir, seulement mimant l'instrument avec les doigts sur son ventre en avant, elle s'envole soudain dans l'une de ses goualantes préférées.

Non ! Rien de rien…
Non ! Je ne regrette rien
Ni le bien qu'on m'a fait
Ni le mal tout ça m'est bien égal !
Non ! Rien de rien…
Non ! Je ne regrette rien…

C'est payé, balayé, oublié
Je me fous du passé !
Avec mes souvenirs
J'ai allumé le feu
Mes chagrins, mes plaisirs
Je n'ai plus besoin d'eux !

Domi, tout chaviré, pianote sur le zinc en fixant un morceau de plafond à travers la fumée de sa cigarette pour se donner une contenance. Madame Loulou, fine connaisseuse en ritournelles et *Roses blanches* applaudit à tout rompre et crie au miracle cependant que Renée, la larme à l'œil, se laisse aller à mettre sa tournée, c'est vous dire ! — *Ça c'est pas du grégorien !* tranche alors le grand Raymond qui, pour n'être jamais en reste, attaque à son tour *La Protestation des chasseurs à pied* d'une voix de basse profonde mâtinée de laryngite à franchement dérider tout le monde.

Chanteuse, voilà, c'est son rêve cassé à Ginette. *Gamine, j'avais la voix pour,* elle dit en soupirant quand il lui arrive — Oh ! pas souvent ! — d'un peu s'épancher après nous en avoir poussé une petite. Sûr que lorsqu'elle nous fait Piaf, là debout derrière sa table, on l'imagine sans forcer sur la scène du Versailles à Manhattan, à l'ABC ou même à Pleyel craquant sous les bis et les bravos du Tout-Paris ! C'est que dans ces instants privilégiés, voyez-vous, on baigne pour de bon en plein mélo à s'y méprendre ; elle nous fait tous chialer, la môme Ginette, comme des Madeleine.

Seulement les caprices du sort en ont décidé autrement, les cabrioles et galipettes imposées par son lâche et dévot bourgeois dans les brisures de biscuits aussi, qui l'ont dégradée à jamais et dégoûtée pour longtemps d'aimer, rire et chanter. — *Moi, ma bonne étoile elle est tout de suite tombée dans un trou noir !* elle dit de manière pudique, histoire de cacher son chagrin sous la plaisanterie.

À vingt ans, adieu solfège et vocalises !, elle s'est engagée comme serveuse au Mal Assis, rue Jean-de-Tournes, près les Jacobins ; c'était le vingt-deux avril quinze, pile le jour de son anniversaire, *les Boches*, comme elle a gardé l'habitude de les appeler, venaient d'utiliser pour la première fois les gaz asphyxiants. Des milliers de tonnes de chlore qui se déposent en un épais nuage olivâtre au-dessus des tranchées françaises, tous nos pioupious en déroute ou restés sur le carreau, tripes en l'air ! Quelle fête pour son anniversaire, alors qu'elle-même entrait sans le savoir dans la grande boucherie-charcuterie du métro-boulot-dodo ! — *Je peux pas vous dire comment tout ça avait éclairci la clientèle, les bouteilles d'absinthe bougeaient plus des rayons, on passait notre temps à faire la poussière et puis, pour finir, ils l'ont bel et bien supprimée pour de bon l'absinthe ; ceux qui étaient en train d'organiser la grande tuerie ont dit qu'elle faisait de l'homme une bête criminelle et qu'elle menaçait l'avenir de notre temps ! Vous pensez s'ils avaient dû s'en imbiber, et pas qu'un peu, les Nivelle, Pétain et toute la clique des pue-la-mort !*

Vingt-cinq ans son plateau à la main à faire la navette entre la salle et le comptoir, servir au doigt et à l'œil, encaisser les additions, aider parfois à la plonge, approvisionner la cave et garder le sourire du matin au soir ; Ginette elle a eu le temps d'en voir revenir quelques-uns de ces combattants de quatorze et par la même occasion d'en voir plus d'un repiquer au truc pour un tour. En quarante elle prend du galon, elle fanfaronne pour nous faire marrer, elle quitte le Mal Assis pour le Moulin Joli, à l'angle des rues Romarin et Puits-Gaillot. — *Les frisés étaient revenus ! Pétain aussi, maréchal-de-mes-fesses maintenant, mais cent fois plus teigne qu'avant ; entre les rafles et les contrôles fallait pas faire les mariolles, je vous jure !*

C'est pourtant dans l'arrière-salle du Moulin Joli, à l'abri des buveurs de bière vert-de-gris, qu'Auguste Pinton, Élie Péju, Jean-Pierre Lévy et quelques autres fortes têtes mettent sur pied le mouvement Franc-Tireur. Elle est alors aux premières loges, Ginette ; elle le sera pareil en septembre quarante-cinq quand tout le bistrot instantanément se tapisse de bleu, blanc, rouge, que sautent les bouchons de champagne sorti comme par miracle de derrière les fagots et qu'on y danse le be-bop jusqu'à l'aube. La Libération de Lyon, si vous voyez, un sacré rigodon, oui ! Elle conserve encore des photos, Ginette, au fond d'un carton à chapeaux, dans son deux-pièces à la Duchère. — *On en avait terminé avec l'Occupation et c'était pas trop tôt, mais moi il me restait quinze ans à tirer, tiens !* elle conclut dans un éclat de rire. Pas rancunière pour deux sous.

Quand même, de guerre en guerre, d'apéros en pousse-café et d'années folles en *Je vous ai compris !* en passant par Front Popu & Cie, toujours son plateau à bout de bras et sans cesse ni repos cavalant d'une table l'autre, elle est arrivée à la retraite ; il a bien fallu. D'abord ses guibolles quasiment ne la portaient plus, devenues de plomb, elle mélangeait un tant soit peu les commandes et commençait aussi à sérieusement s'embrouiller dans les douloureuses ce qui ne faisait pas trop l'affaire de la caissière, chignon sévère et poudre de riz, surveillée de près par un patron à l'œil américain. L'heure de décrocher avait sonné.

— *Quand j'ai fait valoir mes droits j'avais soixante-cinq balais et plus de quarante-cinq de boulot sur le dos !*, voilà, pour finir. La médaille, non, elle n'en a pas voulu ; du Moulin Joli elle est venue directement caser son cholestérol ici, près du poêle, je vous l'ai maintes fois expliqué. Toute une vie de bistrot, l'ambiance lui manquait trop, elle ne pouvait plus s'en passer, vous vous doutez, alors depuis quelque dix ans elle a pris ses quartiers chez Brunetti, c'était mieux que moisir toute la journée dans sa carrée et se retrouver en avance sur l'horaire au cimetière.

Renée commence tranquillement à mettre les premiers tabourets sur les tables, le grand Raymond vient de tirer sa révérence qui s'en est allé retrouver sa pipelette pour la soupe à la grimace, *C'est l'heure, les enfants, on va fermer !*, Domi aussi est parti, alors Ginette sans se presser prend le petit dernier, elle récupère discrètement son sac derrière le comptoir, fait la bise à Renée en train de balayer maintenant la sciure dans la salle déserte, et s'en va poireauter un bon bout de temps à l'arrêt de ce foutu bus qui n'arrive jamais, rassurée cependant de savoir qu'elle sera bien dans le roman de monsieur Pierre, c'est sûr.

Moi, voyez-vous, je vous débite ces bribes d'anecdotes un peu par nostalgie d'une époque évanouie aujourd'hui, il faut bien l'avouer ; beaucoup à cause de ces bienfaiteurs dont je reste hélas l'obligé, qui me tarabustent nuit et jour pour que je crache l'encre, le morceau avec, et leur fournisse enfin un modeste manuscrit qui leur rendrait vague espoir d'amortir en partie ma dette. Maudits à-valoir ! Autrement, je le sais, je ferais mieux de garder toutes ces racontances insignifiantes pour moi, passer là-dessus comme chat sur braises et faire silence radio sur tout le reste aussi, une bonne fois pour toutes. Tout est plus simple pour qui tait tout.

Mais il semble qu'il n'y ait rien à faire, ça me travaille toujours les esprits l'autorité imbécile du bourgeois, la propension des maîtres à vouloir interdire les vagues sur la mer, le vent dans les arbres, et d'abord l'obscénité des petits Marius, ignares autant qu'hargneux, qui viennent mimer les matamores devant ma porte jusqu'à souiller mon paillasson de leurs injures et déjections. M'ont-ils assez menacé, ces braves à trois poils et leur progéniture itou, de me faire rendre gorge de ce qu'ils ont eux-mêmes sans honte escamoté, m'ont-ils assez traité de haut en bas et considéré comme poivrot qui ne dessoûle, pochard du poème en prose, quand ne reste guère accessible à leur pauvre entendement que la bio de *Manouche* par Roger Peyrefitte, à la rigueur son *Enfant de cœur,* et la lecture effrénée de *Télé 7 Jours.* Ah ! c'est roulant, croyez-moi !

J'entends bien, certes, qu'il me faudrait faire un chouïa moins de schproum à propos de tous ces chercheurs de totos dans la tête qui soudain se soulagent de leur haine à mon égard depuis trois siècles retenue, passer l'éponge et oublier leur rare bêtise ; abandonner tous ces petits Marius à leur propre bérézina en somme. C'est sans doute votre avis. Je vous approuve. Quand même on m'absoudra, à tantôt soixante piges, quasi poudré à frimas et besogneux comme j'ai commencé, de n'envisager me laisser tondre telle une vigogne et domestiquer moins encore. Sous des allures de type doux comme la crème je peux me montrer assez chien et tant mieux, je me dis parfois, si en compagnie de mon chien tous deux sentons très fort le chien.

Quant aux maîtres et aux bourgeois, pour n'être pas né de la dernière couvée je vois bien aussi comment ces protozoaires et leurs sous-fifres comptent s'y prendre, et pas à plusieurs fois, pour nous faire passer le goût du pain, astreindre le populo à leur discipline de caserne et subordonner toutes nos envies de seulement respirer à leur brutal appétit de marchandises, à leur soif jamais apaisée du pouvoir, à leur tyrannique besoin de paraître et se penser sel de la terre quand ils ne sont qu'espèce en phase terminale.

À l'instar de Ginette, de ses cinquante annuités et des poussières pour une pension à piétiner chaque fin de mois dans les files d'attente du bureau de bienfaisance, c'est d'abord tuer le prolétaire au turbin leur programme. User en usine et partout ailleurs les forces de la bête sans trêve ni merci jusqu'à l'empêcher de jouir du moindre instant de répit. *Le travail rend libre*, on connaît la chanson ! Oh ! dans leur calcul d'aujourd'hui il ne saurait surtout s'agir de trente-cinq, ni quarante, ni même cinquante, non, leur petite idée sur la question c'est la semaine des soixante-quinze heures de crève-corps pour tous et jusqu'à soixante-quinze ans ; voilà le carême qu'ils prêchent pour pouvoir, eux, encore rajouter des dentelles à leurs caleçons pendant que nous autres irions quasiment sans culotte au charbon, ben voyons ! J'exagère ? Je divague ? J'extrapole ?... Laissez-moi rire !

Le bourgeois n'a jamais travaillé de ses mains, c'est même ce qui le caractérise historiquement ; depuis qu'il s'est emparé en sournois des manettes, envoyant pour ce faire le peuple à sa place au casse-pipe, il n'a trouvé son compte, entre deux guerres pour soutenir ses intérêts, que dans l'abrutissement des masses par le boulot et l'hécatombe généralisée des travailleurs transbahutés dès l'aube en bétaillère dans les abattoirs du patronat. C'est comme je vous le dis, et vous ne changerez couic au tableau si vous ne vous décidez enfin à chasser le bourgeois et ses larbins en leur flanquant une bonne révolution aux fesses. — *Tous en charrette à Sainte-Pélagie !* voilà l'idéal slogan ; pour rien au monde vous ne m'en ferez démordre.

Le grand Raymond, adossé au zinc de chez Saint-Pierre dans son costume en plumes d'ange flambant neuf et qui si fort hurlait que les lendemains, pour sûr, allaient se mettre à chanter, applaudit certainement de là-haut à ces vérités bien utiles lui qui, s'il venait à descendre de son nuage, ne pourrait même plus se rafraîchir les poumons d'une petite Celtique ou d'une Boyard maïs sans que les nouveaux gardiens du troupeau et défenseurs patentés des bronches, bronchioles, lobules et alvéoles de tout le pays ne le fassent aussitôt épingler par leurs pieds-plats et coffrer au cabinet noir pour y purger ses mauvaises manières. Et madame Loulou pareil, notre pétroleuse du perlot, qui n'aurait plus qu'à faire tintin de ses provocantes bouts filtres estampillées anglaises pour échapper aux foudres des puritains qui, sous prétexte de santé publique, de lutte contre le tabagisme et autres fariboles, prétendent davantage encore régenter nos vies et nous contraindre à l'abstinence de tous les plaisirs tandis qu'eux-mêmes s'adonnent sans retenue aucune à leur passion du Bolivar et du Partagas sous les lambris dorés des ministères ou dans la quiétude des lupanars attenants. — *Fumer tue !* ils gueulent sans pudeur quand ils nous gazent par milliers dans leurs guerres et, le reste du temps, nous exterminent à la pelle dans leurs industries.

Maintenant si vous n'y voyez pas d'inconvénient je peux vous révéler aussi, toujours en aparté bien sûr, comment dans leurs petits projets à la Pol Pot taquiner la bouteille dans un bistrot va devenir tantôt crime à justifier la corde. La gent épicière ne se pintant aux alcools forts qu'en famille ou en tribu, calfeutrée le soir au coin du feu et vautrée dans de vastes sofas, après s'être copieusement régalée devant la télé de hamburgers mayonnaise arrosés au whisky coca, pourquoi voudriez-vous que le premier tartempion venu reste autorisé à étaler aux yeux de tous son humble bonheur à trinquer entre copains aux comptoirs du quartier, voire — catastrophe ! — lever avec insolence son verre à un avenir meilleur ? C'est mettre, voyez-vous, dans cette façon de se conduire bien de la provocation face aux tartufes et on comprend que cela leur devienne vite intolérable.

Ainsi dans l'un de ses accès de délirium tremens dont nous le savons maintenant coutumier, le clan des alcooliques mondains a sorti de son chapeau claque la grosse ficelle de l'éthylotest lequel, enfourné de force par ses flics dans le bec du buveur de bordeaux au sortir du café, tranchera dans le vif pour dire si le pékin peut poursuivre peinard son chemin ou, c'est beaucoup plus probable, être illico embarqué au poste sans autre forme de procès pour s'y faire à coups de trique remettre les idées du bon côté. Voilà tout bêtement le satanique stratagème qu'ont inventé ces pharisiens et leurs acolytes pour faire passer au bon bougre toute envie de se réjouir le cœur en bonne compagnie et aller peut-être puiser dans la profonde sagesse du vin un nouvel esprit de révolte.

Quand il sera formellement interdit de fumer dans nos bars-tabacs et qu'on ne pourra plus s'y enivrer qu'à l'eau de javel du robinet ou au pepsi-cola, alors le complot des bourgeois, des beaufs, des banques et des charognards de l'immobilier aura bel et bien abouti et, à Dieu ne plaise !, les bourgeois, les beaufs, les banques et les charognards de l'immobilier auront finalement fait la peau à nos derniers bistrots.

Salut ! fringants petits Rimbaud d'à peine vingt ans se roulant à pleins poils dans la poésie au profond des rouges moleskines des bouis-bouis de banlieue, composant les doigts dans le nez d'extravagants limericks sur de minuscules carnets quadrillés, rêvant de fleuves aux eaux vertes et d'Indiens spokanes des bords de Marne ou alors s'inventant d'aveuglantes amours, l'été, dans le frais clair-obscur des tavernes, on ne vous reverra plus tirer sur vos pipes en écume à tête de mort et prendre des poses de parnassiens pour une postérité de carnaval, ils vous auront balayés avec les derniers clopinards du faubourg et condamnés à un avenir de grouillots ou d'apprentis pharmaciens. Il ne vous restera plus, dès lors, qu'à aller téter sous les néons d'anonymes drugstores l'amer chicotin du capital et vous purger avec cette mixture de toutes vos chimères.

Adieu aussi gentils pochards en perpétuel manque de piccolo, Cep Vermeil ou divin Grappe Exquise, qui débarquiez dès l'ouverture, le corps rompu, la guibolle déjà titubante et le tarin violacé pour vous arrimer au navire, y trouver l'écoute bienveillante du bistroquet ou de quelque habitué de la maison, suivre d'un œil hagard les parties de zanzi en bout de bar et oublier un temps détresse et solitude en vous insérant dans la grande famille des tâte-vin du coin. Avec le canon de rouge, parfois de rosé pour frimer, il arrivait qu'un brave type vous paye en passant l'œuf dur à casser sur le comptoir d'étain en guise de trompe-faim et, d'une fraternelle bourrade, vous rende votre fierté d'être humain vous rabibochant ainsi un instant avec la vie ; votre trogne alors un peu plus s'enluminant telle, en proie à l'émotion, celle d'un gamin. Ces havres de grâce tombés dans les filets d'aigrefins de la finance, sabordés par leurs promoteurs pour être aussitôt transformés en nickel salons de thé, boîtes à fringues ou cabinets d'affaires, vous n'aurez d'autre issue qu'aller pleurer misère dans la rue et, les jours à crever de froid, aux portes cochères cacher sous un amas de cartons le malheur crasse des parias qui tant offense la délicatesse du bourgeois.

Ciao Domi, Joseph, Loulou, Frédo !... Séfarades de la cotonnade chamarrée, Arabes du couscous mouton, taxis de la place du Pont !… Le torchon toujours négligemment jeté sur l'épaule et sans cesse râlant contre ce satané robinet du bac à vaisselle qui goutte et goutte sans qu'on puisse rien y faire, Renée déjà se doutait bien que tout cela allait s'enfuir comme dans un mauvais rêve et tourner pour finir à la totale déconfiture. Funeste prémonition de fin du monde !

Pourtant, voulez-vous que je vous dise ?, les fripouillards d'en haut, les petites crapules du capital et leurs ridicules roquets, fricoteurs de l'immobilier et boursicoteurs de bas étage, feraient bien de se méfier et redouter de devoir rire demain à dents serrées. C'est que s'accrochent encore et malgré tout, voyez-vous, ici ou là, ouverts sur de minuscules placettes pavées, donnant sur de mesquines avenues, bâillant aux trottoirs d'anguleuses ruelles voire se cramponnant au fond de suintantes impasses, les derniers bistrots à populo et autres Friterie-bar Brunetti qui n'ont du tout dit leur dernier mot, aux zincs desquels s'aiguisent à l'heure de l'apéro — *À la tienne, Étienne !* — les théories révolutionnaires les plus audacieuses, aussi les couteaux. Vieille Garde limonadière traquée par les bigots et leur triste époque, mais qui ne se rend pas ; non plus ne meurt ! *Et merdre !* eût dit le Père Ubu.

Toutes les révolutions qui ont fait avancer le monde, vous le savez bien, ont été accouchées dans des salles de café, par des buveurs inspirés, à même des tables à vin poisseuses de lourd picrate et encombrées de litrons. Fieffé petit farceur qui me prouvera le contraire ! Regardez Robespierre, attablé, jeune loup aux yeux brillants et dents blanches, dans les bouges alentour le Palais-Royal, y rêvant liberté, égalité, concoctant jusqu'à la minutie échafauds et charrettes à venir. Avec Danton, Marat — l'ami du peuple —, au Procope fignolant la doctrine. Camille Desmoulins, retour de Versailles, sautant sur une table du Café de Foy, le 13 juillet 89, pour haranguer les citoyens, sonnant le tocsin d'une Saint-Barthélemy des patriotes et appelant aux armes. La prise de la Bastille, il faut le savoir, s'est d'abord faite avec des gens un peu pompettes et qui grimpaient sur les comptoirs des cafés parisiens. Voilà tout.

À peine finie sa promenade parc Montsouris, Vladimir Illitch Oulianov enfourchait son vélo et, de la rue Marie-Rose, giclait au Café d'Orléans mijoter devant une verte son grand badaboum aux petits oignons. À La Rotonde, parfois au Dôme, il retrouvait Soutine, Modigliani, Cendrars, Foujita, les immigrés du Montparno, tout ce beau monde trinquant cul sec et gambergeant plein pot sous la casquette. À La Closerie des Lilas où il avait sa table, oui madame !, il disputait d'infernales parties d'échecs avec son ami Trotski et transformait la société à la six-quatre-deux avant de faire un sort à la dernière bouteille et changer de crémerie. Et je ne vous surprendrai pas, certes, si je vous dis que c'est attablé devant un bock de bière et sans bouger une fesse de sa banquette, une pile de journaux sous le nez, qu'il apprend l'abdication du tsar, le 16 mars 17, au Café de la Terrasse, à Zurich, pour être précis. Alors, après, la traversée de l'Allemagne, le wagon plombé, le retour en héros à Saint-Pétersbourg, tout ça c'est histoire d'aller arroser l'affaire sur place au Café Pouchkine avec les copains et entrer un peu plus tard pépère au palais d'Hiver. Sans le secours et l'assistance des bistrots, croyez-le bien : Lénine il n'était plus rien. C'est historique, c'est tout.

Je rêve, voyez-vous, qu'en ce moment même où nous bavardons de tout et de rien, comme ça, sans souci autre que remettre la tournée, quelque jeune agitateur à joues creuses et tignasse drue, vivotant fort serré de menus expédients et d'amours illicites, le regard perdu dans son petit noir et baignant tout entier dans la lourde atmosphère d'un bistroquet de banlieue ne soit tout bêtement en train de porter la tempête en ses flancs. Possédé jusqu'à l'os par le sentiment sacré de la révolte, je l'imagine méditant devant sa tasse un projet de manifeste susceptible d'enflammer les faubourgs, de rallier à la fronde les plus sceptiques sur l'issue heureuse d'un grand chambardement et, dans un même élan de foi et d'enthousiasme, par sa seule énergie peuplant la poussière grise des boulevards d'une multitude criant à l'oppression et réclamant justice sous l'étendard de l'anarchie.

Croyez-moi, on aurait bien besoin du chaos que nous promet ce jeune Bakounine, conspirant à deux tables de la nôtre si ça se trouve, pour remettre un peu d'ordre dans le bordel ambiant, rendre son âme au prolétaire et faire danser les maîtres sur la musique manouche. Gageons qu'il s'engage sans retour dans son entreprise de salut public et vienne au triple galop combler notre attente. Pourquoi voudriez-vous qu'il fasse les choses à moitié et traîne en route ? Il a vingt ans sans doute, des espérances qui vont de là à là et un cœur gros comme ça ; comptons sur lui pour faire voler le vieux monde en éclats !

Dans les années soixante, que je vous dise, la table du fond de la Friterie-bar Brunetti faisait déjà office de Q.G. de la contestation ; venaient m'y retrouver à tous moments la frange noire du PSU et les marginaux de tout poil. Entre force pots de mâcon et diverses boissons apéritives s'y machinaient de terribles complots que Renée, inquiète de nous entendre brocarder en vociférant l'État gaulliste, terrorisée à l'idée de nous voir possiblement renverser la Ve République, faisait mine d'ignorer, restant fermée mieux qu'une huître à nos délibérations et se contentant de ravitailler en liquide le gros de la troupe dégageant par la même occasion de coquets bénéfices pour son gentil négoce.

Parfois le père Joseph, qui en avait vu d'autres, nous offrait une platée de frites tirées craquantes de sa marmite ou alors nous régalait, bon prince, d'une friture de gardons véritable petit Jésus en culotte de velours. C'était son obsession qu'ayant tous été élevés aux tickets, comme il nous le rappelait à tout bout de champ, il nous fallait maintenant du solide et qui tienne au ventre sans quoi, disait-il pour nous plaisanter, c'en serait vite fini de la révolution, de l'avenir et de notre bonne santé avec !

C'est surtout parce qu'elle éprouvait une profonde aversion pour les flics, vous pouvez le comprendre, et plus particulièrement pour le fils de Domi contre qui elle gardait une dent à cause d'une très ancienne querelle de trottoir, aussi parce qu'en femme de caractère qui ne s'en laisse pas conter toute autorité, d'où qu'elle vienne, lui était insupportable que madame Loulou, sans être vraiment partie prenante dans nos projets, approuvait le plus souvent nos débats et parfois même soutenait notre longue marche vers la patrie radieuse en mettant, elle disait à la rigolade, la tournée de la cantinière *Et que ça saute !*

Non, plus que le grand cul par-dessus tête de toute la société, ce qui la tracassait pour de vrai, vous ne devinerez jamais, c'était de savoir si, nous étant emparé du pouvoir, ayant redistribué les richesses, elle pourrait quand même conserver pour son usage personnel sa vieille 403 quatre cylindres, quatre vitesses dont la quatrième surmultipliée (elle tenait toujours à bien le préciser) ce qui lui permettait de faire des économies de carburant considérables. Alors levant nos verres au triomphe de la raison nous la rassurions, lui promettant que, la victoire acquise, le Comité exécutif lui voterait certainement des deux mains l'attribution d'une DS de fonction. Unanimité vite faite sur la question on arrosait aussitôt cette heureuse décision de quelques flacons supplémentaires. À l'aise, Blaise !

Dans la Friterie-bar Brunetti des années soixante, voyez-vous, on sentait bien qu'aux relents de graillon qui souvent imprégnaient jusqu'à nos chaussettes venaient se mêler, à nous étourdir, de forts parfums d'insurrection. Au profond du chaudron du père Joseph bouillottait déjà quelque chose qui, nous n'en avions qu'à peine prescience, allait tantôt entrer en folle effervescence et, sans crier gare, ébouillanter d'effroi le bourgeois.

Certains jours où ça fermentait vraiment trop là-dedans alors tout le bistrot tanguait, les uns et les autres emportés par un flot ininterrompu de paroles, proclamations et apostrophes qui finissait par faire raz-de-marée ; du grand Raymond à notre cantonnier Domi chacun ayant encore plus d'idées que de mots pour expliquer, à coups de *y'a qu'à* et *y faudrait*, comment changer la société, fiche par terre le système, se libérer de tous les carcans et souquer ferme vers un futur sans limites ni entraves. C'était les vieilles habitudes d'un monde moisi et vermoulu qu'en somme on commençait à balancer gaiement par-dessus bord. Simili-cocktails Molotov à l'eau de Seltz pour l'instant, le bon petit tord-boyaux des enragés allait se déguster sous peu.

Je sais, vous me direz qu'au jour d'aujourd'hui de telles affabulations ne sont que rêveries d'ivrogne, illusions de songe-creux à ranger au rayon des utopies ; c'est fini, il y a belle lurette que la guinguette a fermé ses volets et toute velléité de révolution avec. La bêtise du bourgeois s'est faite triomphante, le petit Marius a maintenant des accointances dans les hautes sphères de la finance, des amis dans la police et des relations mondaines avec les égoutiers ; l'arrogance des uns encourageant la béate servilité des autres, l'ignoble mascarade semble ne plus devoir connaître ni borne ni fin et nos derniers bougnats, bons comme la romaine, devraient bientôt mettre la clef sous le paillasson dans l'indifférence et la résignation générales. — *C'est l'heure, les enfants, on ferme !* C'est bien sous cet angle qu'il faudrait envisager les choses, n'est-ce pas ?, et tout le reste ne serait que vagues réminiscences d'une époque moyenâgeuse et dépassée...

C'est aller peut-être un peu vite en besogne — croyez-moi, je suis placé pour savoir de quoi il retourne ! — et compter sans le rare entêtement des buveurs d'infini aux terrasses des cafés qui se soucient comme d'une guigne ni n'ont la moindre crainte des petits marquis dont la folle prétention à vouloir régenter à eux seuls l'univers leur fait oublier jusqu'aux pourquoi de l'existence. Tous ces gens-là ont des montres aux cadrans desquelles ils gardent l'œil rivé, pressés qu'ils sont de gober l'œuf au cul de la poule, dont chaque tour d'aiguille rythme leur vie et, d'un fuseau horaire l'autre, la marche de leurs affaires et les affaires du monde. Nous autres, flâneurs insaisissables, avons le temps.

Nous avons tout notre temps…

*

Voilà. Je me suis laissé un peu emporter, c'est sûr, je vous en ai raconté un bon bout finalement. Oh ! je ne suis guère plus avancé maintenant ! — *Ça te soulagera* ils disaient, au début ; tu parles ! Rien de ce qu'on peut dire des frayeurs de l'enfance, des traques et des misères qui empoisonnent toute une existence jamais n'allégera l'âme de quoi que ce soit ; c'est simple en somme et il n'y a là-dessus nul besoin d'aller chercher midi à quatorze heures, voyez-vous. Non, l'idéal, je crois, serait de laisser filer, tenter aussi d'oublier les petits Marius et l'inanité de leurs chicanes ; scandaliser les imbéciles n'est certes pas inutile, les absoudre pour leur bêtise de meilleur repos sans doute et, mon Dieu, pourquoi se montrer avares de sentiments ! Pour le reste, on fera cahin-caha avec le quotidien, toujours s'appliquant à pousser son petit effort vers le mieux si possible, fût-ce à y laisser jusqu'à sa dernière chemise. Et, par-dessus tout, écoutez-moi bien : c'est apprendre à se taire qu'il faudrait.

Seulement à force de digresser à l'infini dans l'idée saugrenue de rembourser mes dettes, me tenir des journées entières la tête dans le sac aux souvenirs pour soi-disant me soulager, c'est tout le contraire que j'ai fait, si vous voyez. Me voici encombré à présent de ce paquet de mots à la queue leu leu griffonnés se piquant de faire des phrases, débordant de partout, se gonflant même en manière de manuscrit ; déraison, futilité et fantaisie !...

Bien que nulle préoccupation d'éternité ne me tourmente, vous vous doutez, je me promets quand même d'aller dès demain prendre un petit chablis au Bar de l'Espérance, abandonner en sortant tous ces mots inutiles sur le comptoir, au milieu des verres vides, des cacahouètes salées et des trente sous de pourboire. De passage comme à l'accoutumée pour son petit noir ou son panaché, un inspiré du 5 rue Bottin, la crémerie juste à côté, peut-être avisera la chose oubliée, l'emportera sans trop se faire prier ; s'en toquera-t-il jusqu'à mettre plus tard toute cette sarabande de mots sur papier à musique ? Sait-on jamais ? On verra bien…

Moi, vous savez, maintenant j'ai tout mon temps.

Les cafés caractérisent l'Europe. Ils vont de l'établissement préféré de Pessoa à Lisbonne aux cafés d'Odessa, hantés par les gangsters d'Isaac Babel. Ils s'étirent des cafés de Copenhague, devant lesquels passait Kierkegaard pendant ses promenades méditatives, aux comptoirs de Palerme. [...] Dessinez la carte des cafés, vous obtiendrez l'un des jalons essentiels de la « notion d'Europe ». Le café est un lieu de rendez-vous et de complot, de débat intellectuel et de commérage, la place du flâneur et celle du poète ou métaphysicien armé de son carnet. Il est ouvert à tous et pourtant c'est aussi un club, une franc-maçonnerie de reconnaissance politique ou artistique et littéraire, de présence programmatique. Une tasse de café, un verre de vin, un thé au rhum donnent accès à un local où travailler, rêver, jouer aux échecs ou simplement passer la journée au chaud. C'est le club de l'esprit et la « poste restante » des sans-abri. [...] Aussi longtemps qu'il y aura des cafés, la « notion d'Europe » aura du contenu.

GEORGE STEINER
Une certaine idée de l'Europe

Achevé d'imprimer
par l'Imprimerie Floch
à Mayenne, le 23 septembre 2005.
Dépôt légal : septembre 2005.
Numéro d'imprimeur : 63930.

ISBN 2-07-077551-8 / Imprimé en France.

138054